VOCÊ NÃO É INVISÍVEL

Lázaro Ramos

VOCÊ NÃO É INVISÍVEL

Ilustrações
Oga Mendonça

2ª reimpressão

Copyright © 2022 by Lázaro Ramos

Grafia atualizada segundo o Acordo Ortográfico da Língua Portuguesa de 1990, que entrou em vigor no Brasil em 2009.

Capa e projeto gráfico
Oga Mendonça

Preparação
Lígia Azevedo

Revisão
Huendel Viana
Adriana Bairrada
Luís Eduardo Gonçalves

Playlists
Jarbas Bittencourt e Lázaro Ramos

Dados Internacionais de Catalogação na Publicação (CIP)
(Câmara Brasileira do Livro, SP, Brasil)

Ramos, Lázaro
    Você não é invisível / Lázaro Ramos ; ilustrações Oga Mendonça.— 1ª ed. — Rio de Janeiro : Objetiva, 2022.

    ISBN 978-85-390-0732-5

    1. Ficção brasileira I. Título.

22-109677   CDD-B869.3

Índice para catálogo sistemático:
1. Ficção : Literatura brasileira B869.3

Aline Graziele Benitez – Bibliotecária – CRB-1/3129

Todos os direitos desta edição reservados à
EDITORA SCHWARCZ S.A.
Praça Floriano, 19, sala 3001 — Cinelândia
20031-050 — Rio de Janeiro — RJ
Telefone: (21) 3993-7510
www.companhiadasletras.com.br
www.blogdacompanhia.com.br
facebook.com/editoraobjetiva
instagram.com/editora_objetiva
twitter.com/edobjetiva

Para estes pedaços de mim e do mundo:
Célia, minha mãe,
Maria Antônia, João Vicente e Taís,
meu pai Ivan, minha irmã Vivi,
Carrinho, meu avô,
minhas avós Edith e Elenita,
tia Alzira e, ela que é o princípio,
bisa Vitória.

OS BRAÇOS dele são desproporcionais ao corpo. Os dedos das mãos são longos. Nunca consegue sentar com a coluna reta, tem sempre um jeito displicente de se acomodar na cadeira, só assim se sente confortável. Abre o gravador do celular e registra para si mesmo:

Peguei a visão de uma coisa, a vida é só um monte de "E se".
E se eu não tivesse nascido nessa família?
E se eu não me sentisse injustiçado por meus pais tirarem minha chupeta quando eu tinha dois anos e a da minha irmã só aos quatro, porque depois de mim aprenderam que têm que respeitar o tempo da criança?
E se eu não tivesse me sentido a cobaia para os erros deles?
E se eu não tivesse brigado com meu melhor amigo no quarto ano?
E se eu não tivesse rido dele quando chegou com um corte de cabelo que achei ridículo?
E se ele não tivesse revidado e contado, no meio do pátio, pra todo mundo, que eu ia no meio da noite pro quarto dos meus pais e dormia com a cara no sovaco deles? Talvez eu tivesse um melhor amigo agora.
E se eu fosse afinado e tivesse virado cantor solista no coral do quinto ano? Talvez agora eu tivesse uma banda. E se eu tivesse uma banda, talvez não precisasse ser bom de papo pra conquistar uma garota.

E se eu estivesse usando minha camiseta da sorte com o Bart Simpson falsificado no dia em que minha mãe viajou, talvez nada do que aconteceu comigo tivesse acontecido.
Mas o "e se" fatal mesmo foi quando eu postei aquela mensagem. Acho que foi o que disparou a mudança na minha vida. E estava tudo indo tão dentro da normalidade...
Pois é...
E se eu não tivesse começado a escrever aquelas coisas?

Mais uma manhã de tédio. Numa rede social, Carlos tenta se comunicar. Decide não postar curiosidades científicas como de costume.

> **@Carlos2003Esquisito**
> Estamos confinados. Muito tempo sem ver ninguém além da minha irmã de manhã e na hora das refeições, e do meu pai, quando volta do trabalho.
> Pois é #filhodeumdoscarasqñpôdeparar

> **@Carlos2003Esquisito**
> Já lavou a mão hoje? Eu já.
> #Éaúnicacoisaquetenhofeito

> **@Carlos2003Esquisito**
> Faaala, turma esquisita! Sou eu, Carrinho na área! Tô tão tenso com essa parada de corona que ontem, quando fui ao banheiro, abri a porta com o cotovelo, dei descarga com o cotovelo, e só voltando pro quarto é que vi que não tinha guardado o meu parceiro de baixo...
> Hoje vi a mensagem de um influencer dizendo que essa qua-

rentena era uma mensagem de Deus e da natureza pra gente rever nosso modelo de vida. Ele disse também que uma vida confinada pode ser uma libertação. Como se eu fosse livre! Alô! Eu tenho dezesseis anos, não tenho grana pra fazer o que eu quero, posso morrer só por ser quem eu sou e tomei um pé na bunda uma semana antes dessa droga de isolamento. Tá falando do que e com quem, irmão?
Só um desabafo rápido. Fui.

> @Carlos2003Esquisito
> Meu pai voltou pra casa. Tô com pena do velho. Com pena e com medo de ficar perto dele.
> #confusão

> @Carlos2003Esquisito
> Último TT do dia. Depois de mais uma briga com ela #indodormir

Carlos anda pela casa, que nesse momento parece ser só dele. Vitória, a irmã, está trancada no quarto. No mundo dela. O pai não está. Tem dois trabalhos, numa peixaria e numa transportadora, chega em casa sempre exausto. A mãe está viajando, e isso já faz mais de um ano. Cada vez que ela manda notícias, está num lugar diferente. Telefona sempre e manda cartas muito especiais. É o que Vitória acha, e por isso guarda cada uma delas. Carlos não consegue ler as cartas. Sempre adia. Disse à irmã que não sabe bem por que não lê. Mas Vitória sabe bem o motivo. Saudade e incompreensão.

Carrinho acha que a mãe não liga muito pra família. Caso contrário, já teria voltado.

Tenho brigado muito com minha irmã. "Ela" ou "ratinha de laboratório" ou "meu experimento", que é como eu a tenho chamado, tá um saco. Chora por tudo.
Aliás, depois que nossa mãe abandonou a gente, Ela vive com o olho lacrimejando e tentando conversar comigo. Já disse que não quero. E pior: tá igual a minha mãe, que toda vez que telefona diz que eu tô monossilábico.
Eu não sou desses caras que ficam contando sobre o dia por telefone. Além do mais, uma mãe distante não vai conseguir ajudar em nada.
Mas acho que consegui resolver esse B.O. Toda vez que nossa mãe telefona ela pergunta: E aí, como estão as coisas? Tem chovido? Tá comendo direito? Eu sempre respondo: Bem, sim e sim.
E segue o baile.
Mães não abandonam. Pais não abandonam.
Mas eu sou tão P das galáxias que isso não me afeta.
Afeta minha irmã. Que pra mim hoje é só um objeto de pesquisa, que eu estudo e registro constantemente através de áudios no gravador do celular.
Hoje achei uma parada dela. Um caderno. Escuta só o lance da pirralha.

Hoje, quando fui procurar algumas folhas pra escrever, achei você. Você estava abandonado numa caixa antiga e, sem querer te menosprezar, não estava nas melhores condições. Já foi bastante usado, está um pouco amassado e com as páginas amareladas. E eu me sinto culpada porque estou desrespeitando um limite aqui, já que você não me pertence. Mas hoje eu vou contribuir para salvar mais árvores de um destino trágico, como diz meu tio Ivan.

 Você era o caderno da minha mãe, mas eu preciso começar uma nova história, e o Fissura, que é como chamo meu tablet por causa de uma rachadura na tela, me deixou na mão. Então vai tu mesmo.

 Eu adoro escrever, estamos no meio de uma quarentena e não tem papelaria aberta aqui perto.

 Talvez eu queira ser escritora.

 Ontem fiz uma história do dia em que todas as máquinas pararam na cidade. Semana passada fiz outra ótima, sobre uma briga entre amigos que começava por causa da última batata frita no prato.

 Me chamo Vitória. Carregar esse nome é uma honra, mas também um peso. Viver com a responsabilidade de dar certo, de ser uma vitória ambulante, é um pequeno tormento. Melhor dizendo: um tormento do tamanho da Amazônia, se é que vai sobrar alguma coisa dela.

 Moro com meu pai e meu irmão Carlos. Minha avó paterna também morava com a gente, mas foi pra casa de uma amiga na quarentena. Já a sua dona tá fazendo várias viagens incríveis. E crescendo muito, é o que eu acho. Durante parte do dia, só ficamos eu e meu irmão. A gente chama ele de Carrinho. Ele é um saco. Mentira. Às vezes ele é legal, principalmente quando divide o celular comigo, já que eu só tenho esse tablet velho com a memória cheia e a tela toda rachada.

 Estou montando uma árvore genealógica da nossa família. Vou colar ela em você.

Carlos conclui:

E se todo dia eu der uma bisbilhotada nessa bosta de caderno? Pra ver aonde ela vai chegar, pra ver se Ela não é pirada que nem minha mãe? Garota esquisita.
Partiu pedir biscoito pro mundo.

[LIVE] @Carlos2003Esquisito
Faaala, turma! Resolvi fazer live também. Entrem aí, Esquisitos. Só três pessoas é pouco. Tenho que fazer o quê? Cantar sertanejo? Não dá. Não tenho a segunda voz. Contar piada? Tá bom, eu conto, mas entrem aí.
Sabe o que vi a pirralha aqui do lado fazendo? Doida pra lacrar, primeiro ela ensaiou sozinha, falando assim na frente do espelho: Ícone, sem defeitos. Depois ela tentou se filmar no tablet fuleiro dela, dançando toda desarrumada, com um pente na mão. Eu segurei o riso ao máximo, até que ela bagunçou o guarda-roupa todo procurando um troço pra vestir, aí que eu entendi o que era... Quando vi o vestido que ela escolheu, só disse assim: "Esse vai te deixar ainda mais feia". Ela pirou, veio pra cima e jogou o pente na minha cara. Sequestrei o pente e o vestido. Ela deve estar até agora pensando em como vai terminar o challenge. Sabe aquela que tá desarrumada e no truque surge toda Pêi? Ela acha que vai virar musa. Imagina... fail total.
Acho que tô no tédio, Esquisitos.

O nosso jovem de dedos longos nota que só tem uma pessoa vendo. Decide cantar.

"E nessa loucura, de dizer que não te quero, vou negando as aparências, disfarçando as evidências..."

Caiu pra zero. Encerra a transmissão e troca de rede.

> 🐦 **@Carlos2003Esquisito**
> E aí, como tão encarando o Coroa Vivo?
> a) De boa.
> b) Comendo feito uma jiboia.
> c) Doido pra fugir de casa.
> d) Com medo dessa m... não passar.
> #EutôtotalA

📷 **@Carlos2003Esquisito**
Faaala, Esquisitos! Ontem a live foi show. Como só fica 24h, fiquem ligados pra próxima. Essa aí já sumiu e você perdeu. Hoje às 18h. Não é 17h, não é 19h nem 18h05. 18h em ponto. Quem viu ontem sabe como foi absurda!

Carlos espera impacientemente. E espera mais um pouco. Às 18h vê que têm três pessoas a postos. Se anima.

🔴LIVE **@Carlos2003Esquisito**
Faaala, Esquisitos! Hoje um carro de bombeiros passou aqui na porta mandando os véio pra casa. Já tô chamando eles de Pega-Véio. Hoje no almoço teve batata, chuchu e frango. Minha irmã perguntou se estava bom, eu disse que

mais ou menos. Ela parece que ficou meio chateada, disse que eu sou exigente, que não me animo com nada. Me animei ao ver que ela caiu na pilha. De sobremesa juntei um resto de nutella com gelatina e mandei pra dentro. Sabem a receita, né? Abre a nutella que já tá no fim, enfia uma gelatina dentro e vai com o dedo mesmo.

Caiu para 2.

Depois da sobremesa eu me lembrei do tio Ivan, meu tio preferido. Ele sempre diz assim — vou fazer a voz dele porque o cara é uma figura, tem uma voz rouca que às vezes afina, até parece que tá tirando sarro da gente. Ele sempre fala assim: "Carrinho, atenção porque ninguém vai te dizer isso. Andar na linha é bom, mas quando a gente tem coragem de fazer uma besteira é melhor. Eu não faço muitas pra não dar desgosto pra sua avó, mas quando ninguém vê, eu só como o que engorda. É como se fosse um prazerzinho solitário. Se é que você me entende".
Tenho certeza de que o tio Ivan não está trancado em casa. Não ficaria nem por cachê de popstar no réveillon. Imagina, você já é velho, tá no fim da vida, ou "na sobremesa" como ele diz, e vai ficar trancado? Velho já sai pouco. Ele deve estar aproveitando que as ruas estão mais vazias pra ficar zanzando por aí. Pirando. Imagino o que ele não deve estar aprontando. Cara, o tio Ivan é...

Sete pessoas estão na live!

... uma figura. Outra vez ele me apareceu num domingo aqui em casa, ele tava com o olho roxo e o braço esquerdo todo ralado. Ele gargalhava e, quando a gente perguntou o que aconteceu, disse que tinha vivido uma nova aventura, contou que tinha se lanhado todo, que era como ele chamava os machucados, numa briga que teve com três caras que estavam tentando furar o pneu do carro dele. Disse que até golpe de capoeira deu, mesmo sem ser capoeirista. E que finalizou o cara com um mata-leão, mas que o cara se debateu muito e lanhou o braço dele, mas que ele tinha saído vitorioso. Eu na época ri junto e evitei perguntar o que os outros dois caras faziam enquanto ele dava o mata-leão no outro. Uma semana depois, eu ouvi minha avó contando pro meu pai que a dona Alzira viu o tio Ivan cair e se ralar todo tentando andar de skate sozinho. Eles riram do meu tio. Eu não. Se o tio Ivan soubesse que eu ia adorar ele estar tentando aprender a andar de skate não teria inventado a história do pneu.

Dez pessoas! Ele se emociona, fica sem palavras. E finaliza.

Bem, então é isso. Vou embora. Vocês sabem, né, muitos compromissos. Tchau, Esquisitos. Até o dia que me der na telha.

Alô, alô, novidades sobre Vitória. Meu objeto de investigação científica já dormiu. Eu ouvi minha irmã conversando com nossa mãe no telefone. Ela perguntou: de novo? E depois: um mês? Pelo que eu entendi, minha mãe está indo pra mais um daqueles lugares sem comunicação e disse que ia telefonar menos. Vitória me chamou, mas eu falei que estava soltando um barro. Não deu vontade de falar com ela.

Partiu quarto do meu bichinho de laboratório. O que será que ela escreveu hoje?

De mansinho, ele entra no quarto da irmã, sem fazer nenhum barulho. O diário, como sempre, está na primeira gaveta da mesinha, embaixo de dois livros ainda envoltos em plástico, uma edição de *Carta a minha filha*, da Maya Angelou, e *Diário de Pilar no Egito*, da Flávia Lins e Silva. Abre a gaveta fazendo força pra não rir nem derrubar nada. Sai de fininho com o caderno furtado em mãos. Lê mais umas páginas.

Atenção, minha ratinha de laboratório hoje parece ter iniciado um livro ou sei lá o quê. Ela escreveu:

> *Eu estava tentando fazer um vídeo, mas o idiota do Carrinho roubou meu pente.*
> *Querido diário, viu a árvore genealógica que eu fiz? Parece uma família real, né? Parecemos reis e rainhas. Quer saber? Acho que somos, sim, da realeza. Então eu sou tipo a princesa, não é? Mitei.*
> *Bom, vou começar uma nova história.*
>
> **CAPÍTULO 1**
> **A Bela Encantada**
>
> *Era uma vez uma princesa chamada...*
> *Cachinhos de Mel*
> *Penélope Perfumada*

~~Bela Encantada~~
~~Cassandra James~~
Lady Lílian

Diário,

Você não vai acreditar no que aconteceu depois que eu comecei a pensar nesses nomes. Me arrependi do que escrevi, arrastei a cadeira em que eu estava sentada para ir ao outro canto do quarto buscar uma borracha e, nesse movimento, o pé da cadeira prendeu numa fenda do chão de madeira e fui ao chão. Caí de lado, meio torta, com o rosto amassado entre o tapete e o piso. E nada fiz, nada. Não chorei, não gritei, não chamei papai nem mamãe. Fiquei lá, quieta, e pensei:
   Por que algumas princesas não caem assim?
   Por que quando elas caem é de um jeito que, mesmo atrapalhado, parece bonito e perfeito, e deixa o erro que é uma queda de um jeito que nem dá vontade de rir?
   Minha queda é tão diferente. Eu estava ali, com o rosto colado no chão, a perna torta e a blusa desarrumada mostrando o umbigo.
   Como será o umbigo de uma princesa?
   Foi aí que mudei minha história. Vou recomeçar, agora caprichando na ironia.
   Hoje uma vez...
   Porque "Era uma vez" já está muito batido.
   Numa bela cidade do Brasil vivia Stefane Kate. Ela era muito bonita. Bonita mesmo, sabe? Não vou descrever como, porque quando falamos bonita já sabemos o que uma pessoa precisa ter pra ser bonita. #ironia
   Stefane Kate andava com um vestido cor-de-rosa

> com três anáguas, uma dúzia de babados e manga bufante. Faz muito calor no Brasil, mas Stefane Kate não ligava pra isso. Ela corria pelas dunas e pensava no príncipe encantado. Sabia que um dia ele chegaria e seria perfeito. Stefane esperou e esperou... O sol se molhou no mar, a lua trombou nas nuvens várias vezes, e SK perdeu a paciência e gritou pela fada madrinha, porque toda princesa tem fada madrinha.
> Stefane Kate escutou uma voz de soprano, melodiosa... e como num passe de mágica apareceu Elke Melviron, sua fada madrinha.

Carlos gargalha. Depois se aquieta, estranhando o tema da história da irmã. Não sente vontade de gravar mais nada. O tédio retorna. Volta pro quarto da irmã e devolve o caderno sem tanto cuidado, já que Vitória dorme feito pedra.

PLAYLIST 1

Saca essa playlist aqui com músicas sobre tudo o que a gente papeou. É só apontar a câmera do seu celular para o QR Code e escutar. Quem sabe você até lê e escuta ao mesmo tempo. Será que dá?

MAIS UM DIA na terra. Ele acorda no mesmo horário, toma leite com achocolatado e pão com requeijão de café da manhã, só vai escovar os dentes quando a irmã pergunta se quer ficar com os dentes podres. Nem percebe quando ela também vai escovar os dentes, porque só lembrou quando foi zoar o irmão. Ainda de pijama, olha lá fora. Céu aberto. Confere suas postagens e decide gravar a primeira mensagem do dia para os terráqueos ou ETs que no futuro encontrarem seus registros.

Finalmente alguém me respondeu! Santo tio Ivan. Três mensagens falando do meu vídeo! Hitei. O problema é que não posso ficar só falando dele. Vão pensar que não tenho nada legal a dizer. E se eu contasse minhas próprias tramas e tretas? A questão é que eu não vivi tanto quanto queria.... O tio Ivan passou por muita coisa, é cheio das filosofias. Diferente do meu pai, que tá aqui mas parece que não tá. Todo na dele, o oposto do tio, que é sempre o centro das atenções...
Rolou uma ideia aqui. Volto já.

Vai até a cozinha, pega um saco de papel que a irmã gosta de guardar para reaproveitar. Ele tira uma tesoura da lata de leite em pó transformada em porta-treco e, sorrateiramente, sem que Vitória note — não que ela fosse notar algo, já que está escrevendo no diário —, entra no quarto dela e pega uma hidrocor vermelha.

Volta para sua caverna e procura sua única camisa polo. Prefere camisetas com desenhos e frases. A polo foi presente do tio, que amava "essas roupas que fazem a gente se sentir elegante". Está no fundo da gaveta, toda amassada e com cheiro de guardada. Mas pelo menos está limpa.

Abre o celular e apaga o perfil "Carlos2003Esquisito". Cria outro, "IvanOEST".

Coloca a foto que acabou de tirar e uma nova persona aparece: agora é um homem, de camisa polo, com a gola levantada e um saco de papel na cabeça. O saco tem um furo na boca, contornado de vermelho, e uma interrogação no meio da testa.

> **@IvanOEST**
> Ivan na área. Minha zona é outra. **OEST** é:
> O Esquisito Sabe Tudo. Fundei minha nação!

No dia seguinte, ele tem três seguidores conferidos enquanto escova os dentes pela segunda vez, porque esqueceu que já tinha escovado. Decide fazer a primeira live como IvanOEST. A irmã acordou mais cedo pra falar com o pai, querendo agradecer a tinta que ele trouxe a pedido dela. Agora já está pintando de vermelho a moldura da porta do seu quarto. Ele se tranca, veste a nova persona e aparece na tela. Com voz rouca, diz:

[LIVE] **@IvanOEST**
E aí? Tá planejando, não é? Tá o quê? Sonhando? Sei...
Já tá sabendo a profissão que vai seguir, neném? E vivendo, você tá?
Se tá aqui na minha nação tem que saber! Nessa nação, o que vale é o agora. Mas um agora com a cabeça no amanhã. É não ser formiga nem cigarra. É ser cirmiga. Não gostou do bicho? Problema seu.
Tá aí criticando, cheio de opinião, é um sabe-tudo?
Você não sabe nada. Você é número.
Taí, vou te chamar de "Estatística".
É o seguinte, Estatística, você é o quê? Tá com cara de ser mais um que vai pular fora e dizer que já sabe tudo, depois vai virar mais um rancoroso e invejoso que não tem nada que dê sentido à vida. Ou então do tipo que acha que não tem chance mesmo de nada e sai fazendo merda. Ou que acha que vai mudar o mundo do sofá, só de juiz.
Olha a minha gargalhada pra você.
Você não vai morrer. Você já está morto. Morto em vida.

Ele sai da live sem pensar. O coração está disparado, as mãos tremem. Arranca o saco de papel da cabeça e passa o braço na testa molhada. A respiração está curta. Se acalma. Pronto, pronto.

Coloca o saco de papel de novo na cabeça e começa uma nova live.

A cabeça de papel é vista na tela. O silêncio é eterno. A cabeça de papel se inclina para a direita. Ainda em silêncio, ela tomba para a esquerda. A língua sai pelo buraco, apontada para a câmera.

11 pessoas na live.

⌜LIVE⌝ **@Ivan0EST**
Sabe onde eu tava há seis meses? Eu estava em mim. Não estava na minha casa, no meu bairro nem na minha cidade. Eu estava em mim.
Desci de um ônibus no meio da estrada. Não era a programação, mas eu vi uma ponte e quis ir lá. Desci com minha mochila, dei mole e o ônibus "sartô" fora. Tirei a bosta do sapato e pisei no chão de terra batida. Minha avó ia dizer: "Vai pegar verminose, seu idiota". Era assim que ela me chamava, carinhosamente. Pisei no chão e fui até a beirinha da ponte. Claro que senti medo, Estatística. Isso não é filme de corajoso, não, é história. Deu um medo que arrepiou os menores pelos do meu corpo.

Ele sai da frente da câmera e tira o saco da cabeça rapidinho para olhar a tela do celular sem que ninguém o veja. 27 pessoas na live. Volta animado.

⌜LIVE⌝ **@Ivan0EST**
O Ivan0EST aqui chegou bem na ponta da ponte. Fiquei lá, firme, rígido, alerta. Olhei pra baixo... e não deu a menor vontade de conhecer aquele caminho até o chão, só deu vontade de olhar até cansar e depois seguir minha vida.

Foi o que eu fiz. Olhei por muito tempo. Quando achei que meu momento ali tinha acabado, olhei para o lado e vi uma garota com uma capa amarela caminhando para perto de mim. Ela veio e sentou do meu lado. Eu reconheci ela, uma dessas famosinhas aí. Nem esperei abrir a boca, já saí falando: "Nem vem me dizer que quer ser anônima, que tá em crise, que a vida tá dureza. O que é que você queria? Ser plateia? Ser público do mundo? Eu não sou ninguém, e na maioria dos meus dias me sinto um gado que segue a multidão. Ultimamente até rir junto me incomoda. Eu fui num show do Whindersson com Yuri e toda hora ria adiantado ou atrasado, pra não fazer parte daquele coro de gargalhadas". Ela disse que eu não sabia de nada e que só queria dar uns beijos mesmo. E demos.

Pausa. 43 pessoas na live.

[LIVE] @IvanOEST
Nos beijamos e não sei por que eu me senti fazendo algo importante. Já não era mais gado. Saímos dali e fomos comer alguma coisa, nem lembro bem o que era, mas tava gostoso. Quando ela acabou o lanche, dançou sem música e disse que tinha que mexer o corpo pra comida assentar. Dancei também.
Na porta tinha umas latas de refrigerante fora do lixo. Chutei uma bem forte, que foi parar do outro lado da rua. Ela chutou outra, e a dela parou no meio da estrada. Um carro passou e amassou a latinha.
Voltamos a caminhar sem direção e sem papo. Mais um beijo. Chegamos numa parada do ônibus. Ela bateu no meu peito e disse: "Vai". Eu falei: "Quem precisa ir é você". E ela foi.
Eu ando sempre com umas tintas na minha mochila. Espe-

rei a estrada estar mais calma e fiz uma pintura do olho dela e da minha boca. Com um balão escrito assim:

"Vou viver. Só de pirraça."

Se quiser ver, é só achar um ponto na estrada entre Minas e Rio de Janeiro. Tá por lá. Ou será que era Salvador-São Paulo?

Agora são 58 pessoas na live.

[LIVE] **@IvanOEST**
Cansei de vocês. Tchau, Estatísticas.

Aqui uma história que eu nem me atrevo a contar. Que nossos heróis o façam. Só posso dizer que ela fez com que Carrinho pensasse no que Iza Dora devia estar fazendo aquela hora. Com quem será que estava? A vida segue pra Iza Dora. Só a dele parou. Carrinho sente. Ele grava.

Tô com vergonha de contar o que aconteceu. Vergonha mesmo. Nem insiste que não quero me sentir obrigado a falar nada. Tomei um banho agora. Bem demorado. E acabei de descobrir que meu objeto de investigação científica tem me estudado também. É possível que minha ratinha de laboratório tenha adquirido novas habilidades no tempo de confinamento. A princípio, Ela desenvolveu uma espécie de inteligência que eu não sei se vai ser permanente. Ou vai ver Ela já tinha essas habilidades e nas pesquisas anteriores não consegui identificar. Ela escreveu:

Velho Caderno,

É estranho minha mãe não ter seguido uma ordem em você, tem páginas brancas em vários lugares.
Ontem me dei conta de que fazia tempo que não esbarrava no Carrinho. Sair ele não saiu, só pode estar no quarto grudado no celular. A vida dele não mudou muito, eu acho. Carrinho não joga futebol, capoeira, está mais para o clube de ciências.
Já eu estou meio entediada. Já andei só de calcinha, já bebi água direto da garrafa, meti o dedo no pote de sorvete. Coloquei uma roupa bonita, abri a janela para admirar o movimento do bairro, que é zero. Então decidi voltar aos meus escritos,

mas ainda não sei se é certo misturar minhas histórias com o que minha mãe escreveu. Vou tentar não olhar para os escritos dela e focar nos espaços em branco para continuar minha fábula de princesa:

Elke Melviron fez o que toda fada fazia: jogou um pó brilhante e em versos começou a explicar quem era o príncipe disponível:
Popular entre os amigos, mas só olha o próprio umbigo.
Rude no trato, mais dissimulado que um rato.
Vaidoso, só cuida da aparência.
Cumprir horário? Acha uma indecência.
Com baixa autoconfiança, vive como uma criança.
SK continuava empolgada: "Ah, mas ele vai dançar a minha dança!".

Tive que parar um pouco porque Carrinho chegou do mercado e me chamou. Estava todo machucado.

A gravação é interrompida. Carrinho tem um nó na garganta. Tenta desenhar algo, mas nada sai. Com muito esforço, retoma a gravação e a leitura do caderno de Vitória.

Só pode ter brigado na rua. Fiquei sem saber se dava bronca ou parabéns por não ter trazido desaforo pra casa. É difícil decidir o que fazer nessas horas, então eu achei que um abraço resolveria. Fui lá e abracei. Carrinho me empurrou e disse: "Que nojo!".
Ele é muito chato. Se não fosse meu irmão, eu cancelava ele. Carrinho passou álcool em gel na ferida (urgh!) e saiu esbravejando.
E eu, bem boba, me perguntei: "O que é que eu fiz?".

Carrinho abre a tela do celular. Os dois tracinhos revelam o sinal fraco da internet.

Ele respira fundo e coloca o saco de papel na cabeça. Está muito agitado. Não dá para entender o que IvanOEST diz. São gritos? É uma piada?

O sinal cai.

Alguns minutos depois a transmissão é reiniciada. A gola da polo de IvanOEST está levantada, mas agora o papel da cabeça está amassado, o que faz com que a interrogação pareça uma exclamação tremida.

[LIVE] @IvanOEST
A internet tá uma bosta. Igual à rua.
Acabei de chegar de volta ao aconchego do meu "bar" depois de ter visto uma cena bizarra.
Um jovem de uns dezesseis anos apanhou.
Apanhou... e bateu.
O que vi foi um garoto com a cor da noite. Sobre seu rosto, uma máscara cobrindo nariz e boca pra se proteger do ar que pode estar contaminado.
O rosto de noite estrelada do menino com a máscara protetora. Sim, os olhos dele são estrelas, e de tão brilhantes causaram desejo de agressão. Covardemente, dois homens perguntaram o que ele estava fazendo no supermercado. Quando o menino entendeu o que aconteceu, não conseguiu produzir nenhuma frase, mas pareceu não querer silenciar mais uma vez. Só deu um grito. Um grito alto e longo.

O cabeça de papel abre a boca como num grito, mas sem som. Ofega. Para, conferindo seus espectadores. Sessenta e oito. Na altura dos olhos, o saco começa a mudar de cor, por causa do líquido que brota. O papel não resiste à força das lágrimas dos olhos de estrela.

> ⟦LIVE⟧ **@IvanOEST**
> O menino gritou pela falta de palavras e recebeu um soco que veio imediatamente após o fim do berro. Mas ele reagiu, mesmo sem ter força física comparável à da dupla que o surrou. Reagiu sem técnica de luta, sem nem lembrar da capoeira. Assim como o grito que substituiu palavras, os braços descompassados substituíram os rabos de arraia ou queixadas.

Um olho vaza por um novo buraco do saco. O silêncio retorna. A live cai, mas logo IvanOEST volta, agora com um X feito com fita adesiva no lugar do olho direito. A fala é diferente e veloz.

> ⟦LIVE⟧ **@IvanOEST**
> Uma piadola pra vocês: O garoto apanhou da vizinha, e a mãe furiosa foi tomar satisfação:
> "Por que a senhora bateu no meu filho?"
> "Ele foi mal-educado e me chamou de gorda."
> "E a senhora acha que vai emagrecer batendo nele?"
> Outra. O cara volta do supermercado e pergunta para a esposa:
> "O que você prefere? Um homem bonito ou um homem inteligente?"
> "Nem um nem outro. Você sabe que só gosto de você."

Ele gargalha explosivamente. Encerra o riso e diz:

[LIVE] **@IvanOEST**
Também não achei engraçado, não, mas serviu pra mudar o clima. Não tô fugindo, não. Não posso nem fazer piada agora? Porque tem coisa que não precisa falar. Um parceiro meu começou a falar de uma bisavó que foi escravizada e tal e tal. Eu disse a ele que toda hora ele começava com uma historinha, querendo que eu chorasse. Ele não gostou muito.
Eu discordo bastante dele, que nem discordo do meu pai. Quando ele se irrita muito comigo eu me lembro de uma frase que meu pai me disse há um tempo e repito pra ele: "Mesmo não concordando com você eu te respeito e continuo te amando, então seja honesto".

O homem-máscara para, ainda ofegante. Depois se dirige à tela.

[LIVE] **@IvanOEST**
Essa é a ciência do relacionamento, Estatística.
A ciência diz, por exemplo, que quando você bebe, o cérebro interrompe temporariamente a capacidade de produzir memórias, mas você não vai se esquecer do que já sabia antes. Mas, como eu gosto de lembrar tudo, não bebo. Eu quero lembrar a cara das pessoas, mesmo as que só vi uma vez.
Isso é ciência. A ciência diz também que o tempo de vida de músicos, comparado ao do resto das pessoas, é bem menor. Em média, eles vivem vinte e cinco anos a menos.
Tá querendo tocar violão, Estatística, tem certeza? Beber e tocar violão. Belo plano. Vou tentar. Até a próxima.

Carrinho tira a cabeça de Ivanoest e sente a boca amarga. Bebe água, mas o gosto não passa. Carrinho se senta no chão, perto da janela. Fica em silêncio por um longo tempo, vendo o movimento da rua. Está cansado, de falar, de pensar, de ficar ali trancado.

Abre o computador, cria um novo e-mail e manda uma mensagem para testar. Numa rede social, abre um novo perfil, com o nome Zé. Escreve sua primeira mensagem.

Se não tem amigos, se não tem ninguém com quem conversar, vai criar seu próprio amigo. Seu maior amigo. Ou melhor, seu pior inimigo.

> @ZÉ
>
> IvanOEST, você é uma fraude. E posso provar.

A CABEÇA DE CARRINHO não parou aquela noite. Mas como de costume ele não quis conversar com ninguém. Não atendeu ao telefonema da mãe. Negou novamente ler a última carta recebida. Vitória disse que no próximo mês ia ser complicado, já que a mãe ia viajar para lugares onde era difícil se comunicar pelo celular. E sussurrou pra ele: "Mamãe está construindo a história dela. É uma história importante, cheia de dificuldades, mas também de conquistas". Ele quase sorriu, concordando, mas resolveu não dar o braço a torcer. Viu um e-mail da mãe com o assunto "Pra ver se assim você lê" e não leu. Só sossegou um pouco ao se gravar.

Meu pai perguntou por que meu rosto estava machucado. Eu respondi: "Tô de boa, nada sério". Ele não insistiu. Ia saindo, mas voltou e disse: "Vitória é o nome da tataravó de vocês. Ela nasceu em 1888".
Eu já tinha essas duas informações havia algum tempo, mas aonde ele queria chegar?
Ele continuou: "Uma mulher negra nascida com esse nome tem um sentido maior. A tataravó de vocês nasceu em 1888!".
Ele, que não é muito de papo, me perguntou se andávamos conversando direito com nossa mãe. Eu só balancei a mão fazendo que mais ou menos. Vitória disse que sim, mas que no próximo mês vai ser difícil. Ele sussurrou: "Sua mãe está construindo a história dela". E emendou: "É bom saber das nossas origens. Será que tudo se resume a saber que mui-

tos negros e negras vieram escravizados da África e que em 1888 houve a abolição da escravatura?".
Meu pai olhava no fundo dos meus olhos. Ele disse: "Há quase quinhentos anos, alguns africanos foram trazidos para o Brasil. Todo tipo de gente. Muitos tinham conhecimento de agricultura. Os malês, por exemplo, falavam vários idiomas, sabiam muito de engenharia civil. Eram pessoas de múltiplos talentos, de várias nações, ou até pessoas em busca do seu talento... Enfim... com características diferentes, como todo ser humano. Foram escravizados. O que é injusto, triste, nunca mais deve ser repetido e deve causar indignação".
Foi estranho ver meu pai dizendo aquelas coisas, e acho que a estranheza devia estar estampada no meu rosto, porque ele logo explicou: "Sua mãe planejava ter essas conversas com vocês. Mas ela não está aqui, então...".
Minha mãe era a intelectual da casa, sempre foi assim. Eu me lembro dela lendo, contando histórias, explicando coisas. E meu pai adorava ouvir. Ele não é um cara de muita leitura, mas não é porque não gosta, acho que não tem o costume mesmo. Então ele prestava muita atenção no que minha mãe dizia.
Ele continuou falando: "Não se deve chamar ninguém de escravo, que é uma condição. O certo é dizer que a pessoa foi escravizada, o que indica que algo interrompeu o fluxo natural da vida dela".
Vitória perguntou: "O que é que isso tem a ver com 1888 e com o meu nome, pai?".
Ele respondeu: "Depois de muita luta pela libertação, de fugas e da criação de lugares chamados quilombos, onde os africanos escravizados se escondiam, em 1888 foi assinado um papel que atestava oficialmente que não era mais permitido ter escravizados no Brasil. Mas isso não foi um

milagre: aconteceu devido à luta de várias pessoas, algumas chamadas de abolicionistas, outras que não fizeram parte de nenhum movimento, mas que queriam uma vida diferente, sem maus-tratos e com acesso a direitos, inclusive o de ir e vir. Um documento foi assinado e nenhuma compensação veio. Pessoas que no dia anterior eram forçadas a trabalhar foram soltas nas ruas sem saber para onde ir, o que comer, onde trabalhar e, principalmente, onde morar. Ainda assim, o ano de 1888 me emociona, por essa ligação com sua tataravó que se chamava Vitória. Eu bem que queria perguntar à mãe da tataravó de vocês por que chamou a filha assim. Não posso ter certeza de como ela responderia, mas desconfio que foi por causa de 1888".

Meu pai não parava de falar. "Quem nasceu em 1888, como a minha bisa Vitória, a tataravó de vocês, foi como que um recado para todos nós. Para as filhas da minha bisa Vitória, para os netos dela, para mim e para você e seu irmão. A liberdade é uma vitória, por isso temos o compromisso de lutar sempre pela liberdade de todos. Agora... ter a cabeça livre já é outra coisa."

Meu pai acabou assim, com essa frase que me deixou com um monte de dúvidas. Eu falei: "Não entendi essa parte".

Meu pai disse, sorrindo: "Tudo bem. Esse assunto não vai terminar agora. Vamos falar muito sobre liberdade. Por ora, guarde no coração: sua tataravó se chamava Vitória!".

Provocando falei: "Que responsa, hein, Vitória? Carregar esse nome".

Ela retrucou: "Pois é. E seu nome, é em homenagem a quem?".

Respondi que "Carrinho" não deve carregar muitos significados. E que isso me deixa livre pra eu ser o que eu quiser. Mas eu estava com um pouco de inveja.

> **@ZÉ**
> Na moral, painho, o baiano aqui acha que vc é o maior caga goma. Fala, fala, mas não passa de um covarde.

> **@IvanOEST**
> Me esquece. Você é um zé-ninguém que quer aparecer às minhas custas.

> **@ZÉ**
> Quem é você? Não mostra nem o próprio rosto. Coragem tem é quem dá a cara a tapa.

> **@ZÉ**
> Coragem tem é quem perde no jogo de futebol e vai pra frente das câmeras assumir que errou e que no próximo jogo vai fazer melhor. E depois chega no vestiário e ainda ri com os parça.

> **@ZÉ**
> Coragem tem é quem fala dos rolezinho que deu com a periguete e se for trocado na balada segue em frente e parte pra outra.

> **@ZÉ**
> Em vez de ficar de chorinho com saco de papel na cabeça. Você é uma fraude!

> **@IvanOEST**
> Pra um zé-ninguém só ofereço o meu desprezo.

As postagens começam a receber comentários:

> **@PatriciaPKDX**
> Zé, você falou bem, só não precisava ser tão grosso.

> **@Chaveirinho38**
> Mostra a cara IvanOEST! 😆

> **@Thiago_2013**
> Eu já tomei um pé na b... e não contei pra ninguém. Cada qual com seu cada qual.

> **@AndreaSilva15**
> Tô com o Zé, homem que tem coragem de assumir o que sente e enfrenta a vida é show. Mostra o rosto OEST!

> **@ZÉ**
> **#MostraorostoOEST**
> Eu sou um ninguém que não se esconde. Tenho dezesseis anos, no momento estou em Portugal. Vim fazer um intercâmbio cultural. Não foi com dinheiro de papaizinho e nem com dinheiro de mamãezinha.

> @ZÉ
Revendi camisa, fiz vaquinha, fiquei 6 meses como menor aprendiz e juntei uma grana pra ficar por aqui 3 meses. Ainda não sei que profissão eu quero, mas tô enfrentando esse tempo e na volta eu vou voar.

> @ZÉ
Ficar longe da casa dos pais é esquisito. Sempre pensei que os pratos se lavavam sozinhos e que a cama tinha um lençol enfeitiçado que se esticava assim que você voltava da escola. Descobri que não.

> @ZÉ
Na volta vou levar muita coisa na bagagem. #MostraorostoOEST. E pra encerrar, daqui a pouco vem a inscrição pra servir o exército. E eu não sei se vou pro quartel ou se volto pra Portugal. #MostraorostoOEST.

> @Diogo
#MostraorostoOEST

> @Verinhasol
#MostraorostoOEST

> @BrunaMarquetzzini
#MostraorostoOEST

> 🐦 **@DJMiltinho**
> #MostraorostoOEST

> 🐦 **@Psirico**
> #MostraorostoOEST

> 🐦 **@Liciniojanuario**
> #MostraorostoOEST

> 🐦 **@Tiamá**
> #MostraorostoOEST

> 🐦 **@Vitão**
> #MostraorostoOEST

> 🐦 **@MariliaMOficial**
> #MostraorostoOEST

Carrinho posta um novo vídeo. A legenda diz: Quem sou eu?

📹 **@IvanOEST**
Diante dessa hashtag ridícula que vocês subiram, **#MostraorostoOEST**, só me resta perguntar: de que impor-

ta um rosto se eu trago ideias? De que adianta me julgar se talvez você me veja e não me escute? De que adianta ficar me abrindo pra vocês se eu nem sei se merecem, hein, Estatísticas? Não tô a fim de explicar nada pra vocês. Vocês me seguem porque querem. Eu não vim trazer certeza nenhuma, se quiser certeza vai ler um livro de matemática. Eu vim trazer dúvida. E nem podia ser diferente. Vou dar uma moralzinha pra vocês contando quem são meus pais:

Minha mãe é uma mulher que não para quieta. Se está em casa anda por todos os cantos, às vezes sem fazer nada de verdade. A sensação que eu tenho é de que ela se sente numa jaula. O tempo todo faz piada, conta história, inventa comida, que nas três primeiras vezes que ela faz sempre sai com gosto diferente. Ela é uma figura.

Meu pai também. Mas é outro tipo de figura. Chega do trabalho e senta na mesma poltrona. Tira o sapato e pergunta: E aí? Minha mãe dispara a falar, minha irmã também. Eu conto umas coisinhas, e no final de cada história ele responde: "Positivo". É todo arrumado. Eu invejo o guarda-roupa dele, organizado por cores. Parece estar sempre satisfeito. Mas risada dele eu ouvi poucas. E essas poucas foi por algum motivo bem inesperado, às vezes até banal. Abraços e demonstração de carinho só em aniversário. Ele sempre diz: "Não dá pra te abraçar demais, preciso que você seja um pouco duro, porque a vida não dá descanso". Já minha mãe abraça até demais.

Aí eu pergunto a você, seu zé-ninguém, quem tá certo?

Se você tem uma resposta é mais um sinal de que não sabe de nada. Não, não vou mostrar meu rosto. Ainda. Só no dia em que eu confiar em vocês.

Ele encerra o vídeo. Balança a cabeça concordando consigo mesmo. O balançar de cabeça vira uma pequena dança. Como ninguém o observa, faz uma música com muxoxos. Se celebra.

O celular apita, e ele pega pra ver o que é. Uma mensagem privada para IvanOEST.

 @Ricardocaca$

Ivan. Também me sinto invisível. Fugi de casa há três dias. Acabou o dinheiro. O crédito do celular está acabando. Talvez essa seja a última mensagem que vai dar pra postar. Não tenho mais nada a perder. Tô com fome. Tô na frente de uma lanchonete e com muita vontade de entrar lá e pegar o que eu quiser. Será?

Um, dois, três, testando. Três da manhã. A ratinha dorme. Nos escritos dela de hoje, grandes descobertas. Ela fala de mim mais uma vez:

> Antes da pandemia, Carrinho passava horas e horas trancado numa salinha no shopping, num game chamado Cilada 80, tentando desvendar um mistério pra conseguir vencer e sair. Nunca fui lá e nem sei quando vou poder ir.
> Teve um dia que ele voltou pra casa todo empolgado, dizendo que tinha vencido um dos maiores desafios do Cilada 80. "Venci, Vitória!" Era uma trama com um cadáver sem o dedo mindinho. "Que nojo", eu disse.
> "Um nojo é essa sua mania de abraçar", ele respondeu.

*Que pena, porque eu gosto do abraço dele.
Sinto saudades. Mas agora ele só fica fechado
no quarto dele, gravando não sei o quê. Espero
que não esteja fazendo nada de errado.
Pra não ficar triste, meu caro caderno, vou fazer
uma festa de dimensões épicas pra SK! Prepare-se:*

CAPÍTULO 2
A festa de muita pompa e muita circunstância

SK chegou no palácio para o baile, e os Dragões
Boladões já estavam tocando seu maior sucesso:
"Não tenho capa nem espada mas entro no seu
castelo". Onde estaria o príncipe? E foi então
que ela viu Peter II bem na sua frente.
Suado, descabelado, dançando em meio a seus
amigos com uma taça de champanhe na mão.
Seus olhares se cruzaram e...

*Não, não, não. Essa princesa está bem insossa
para os milhares de possibilidades que a
vida oferece. Talvez eu devesse fazer a
S. Kate rasgar a pulseirinha VIP do baile
e ir tocar a vida. Pra que príncipe, gente?
Aliás, acho que ninguém quer saber o que esse
príncipe tem a dizer. Não quero mais falar dele.
Quero falar de quem eu quero ser. Da minha pretitude.
Da minha pele preta, da minha atitude. Dos sonhos
da menina que logo vai virar mulher. Mulher que
nem sempre sabe o que quer. Mas que sabe que pode
querer. Se olha no espelho, Vitória. Essa é você.
Pirei? Não. Era o que eu queria dizer.*

Carlos termina de ler o diário da irmã e continua agitado. Não consegue dormir. Como não tem mais nada de Vitória, decide ler as coisas que a mãe escrevia. A princípio, faz isso sem muito interesse, como quando estamos numa viagem de carro longa e a paisagem vai passando, passando, e quando o carro reduz a velocidade num cruzamento ou sinal nem notamos as pessoas que estão do lado de fora. Sabemos que elas estão lá, mas não estamos vendo de verdade. Ou como quando, numa roda de amigos, alguém fala alguma besteira e vamos pro Insta pra passar o tempo.

Pois é, ele só queria passar o tempo, até saber o que responder pra @Ricardocaca$. Encontra versos de amor, papéis coloridos colados marcando datas importantes, fotos antigas, uma mecha de cabelo presa numa página, um papel de chocolate amassado, tíquetes, recortes...

De repente algo chama sua atenção: o desenho de uma flecha no canto esquerdo do papel, correndo até o fim da margem direita. Carrinho vai para a página seguinte e vê, numa desordem que lhe dá aflição, uma lista imensa sob o título de "Eu queria". Lá embaixo, uma data: 1º de novembro de 1988. Ele lê.

EU QUERIA
Ser fiel a mim mesma.
Manter contato com meus amigos.
Ser feliz do jeito que eu sou sem tentar agradar a ninguém em primeiro lugar.
Escrever um livro.
Me apaixonar.
Viajar de carro sem rumo nem hora pra chegar.

Beber mais água.
Viajar pelo mundo.
Dar um soco num corrupto.
Colocar um pijama bem grosso com meia e touca, me cobrir toda e ligar o ar-condicionado no máximo pra me sentir na Sibéria.
Praticar mais esporte.
Praticar menos esporte.
Não querer nada.
Querer uma roupa nova.
Reformar uma roupa velha.
Querer não querer uma roupa nova.
Comer um sorvete numa só bocada e me sujar toda.
Fazer aula de break dance.
Doar sangue.
Ir direto de uma festa para o colégio.
Ir direto do colégio para uma festa.
Ser conselheira do grêmio.
Ficar comigo mesma.
Ler mais, conversar só com você e ficar feliz conversando só com você.
Ser vegetariana.
Decidir minha profissão.
Ser mais de uma coisa.
Ter três furos na orelha.
Dedicar uma música de amor.
Comer pão de queijo até passar mal.
Beijar na boca debaixo d'água.
Dançar igual à Gretchen.
Cantar igual à Maria Callas.
Ou à Maria Bethânia.
Ter um monte de histórias pra te contar.

Morder uma maçã e ficar com ela na boca com os olhos esbugalhados num ponto de ônibus só pra ver a reação das pessoas.

Ir num show de um artista que eu não gosto.

Ir num show organizado por mim com participação de Clara Nunes, Alcione, Axl Rose, Elis Regina, Cartola, Gilberto Gil, Elza Soares, Jair Rodrigues e, dando uma canja final, Mick Jagger e Prince, com um desafiando o outro pra ver quem dança e canta mais.

Escalar uma montanha.

Cuspir fogo.

Dançar sem música nenhuma numa rua com bastante vento.

Aprender a ser cigana.

Perdoar quem me ofendeu.

Assumir meus erros.

Entender que não existe fracasso nem sucesso para sempre.

Dormir numa rede.

Dormir numa cama gigante.

Estudar filosofia.

Estudar medicina.

Dar um presente a um desconhecido.

Namorar sem pensar em casamento.

Casar sem que a gente deixasse de ser namorado.

Morrer só pra nascer de novo.

Ao final da leitura, ele dá um grito repentino: HAMARTIA! Fica em silêncio, com medo de ter acordado a irmã. Espera um pouco e, como não ouve mais nada, corre para o gravador.

Uma palavra saiu da minha boca sem que eu lembrasse de onde a conhecia, o que foi muito estranho. Mas depois lembrei. O caso é o seguinte:
Alguns anos atrás, o tio Ivan, que sempre me trazia livros que não eram pra minha idade e que eu adorava ler, esteve aqui em casa contando que foi demitido por um erro bobo.
Ele era contador e tinha feito um cálculo errado de um imposto que a empresa em que trabalhava tinha que pagar. O cálculo que ele errou era o mais simples e básico do universo, coisa que qualquer contador iniciante sabe fazer.
O tio Ivan contou isso e gritou: "Hamartia!".
Perguntei o que aquilo queria dizer, mas ele estava doidinho e foi embora deixando todo mundo sem resposta. Só alguns dias depois soubemos pela mamãe o que Hamartia significava.
O que aconteceu foi que, na hora em que fazia o cálculo dos impostos mensais da firma, o tio Ivan se distraiu com a lembrança de uma piada boba que a Ângela, a nova secretária do escritório, tinha contado. Fazia dois anos que o tio Ivan estava solteiro, e ainda sofria muito por causa da separação conturbada. A Ângela teve um efeito devastador nele.
No horário do cafezinho, ela disse que tinha nascido em Piracicaba, no interior de São Paulo, que estava lendo o livro *Americanah*, da Chimamanda Adichie, e que ele deveria ler também. Disse ainda que suco de goiaba embrulhava o estômago dela, porque a lembrava de uma época em que na casa da avó o único lanche que tinha era a goiaba roubada do quintal da dona Elenita, a vizinha. Ela ainda falou que a melhor piada que tinha escutado naquela semana era de uma mulher que dizia a Deus: "Senhor, eu lhe peço sabedoria para entender meu homem, amor para perdoá-lo e paciência com seus atos, porque, se eu pedir força, bato nele até matar".

O tio Ivan ficou com a piada na cabeça. Achou uma graça enorme daquilo. No meio das contas, lembrou e começou a rir. Um riso louco e feliz. Percebeu que estava apaixonado novamente. E riu mais. Nesse delírio cômico, em vez de escrever cem na tabela do Excel, digitou dez. Logo em seguida, ainda enxugando as lágrimas do ataque de riso, mandou a planilha por e-mail, com as contas todas erradas.

Erro descoberto, empresa teve de pagar uma multa e o tio Ivan foi demitido por justa causa. Além do emprego, ele perdeu a chance de conviver com sua nova paixão todos os dias. Por isso disparou num choro descontrolado, e foi quando veio aqui em casa e gritou "Hamartia".

Minha mãe contou que ele saiu daqui e foi direto para a rodoviária comprar uma passagem para Piracicaba. E lá se foi ele, sem mala e sem por quê. Acabou arrumando um emprego numa banca de revistas da cidade. Até a pandemia, seus planos se resumiam a esperar Ângela ir visitar a família para, ao encontrá-la casualmente na rua, dizer: "Nossa, como o mundo é pequeno!". E assim seriam felizes para sempre. Só o tio Ivan mesmo.

Fui procurar na internet o significado. Hamartia, em grego antigo, é uma falha trágica, uma falha de caráter ou erro de um herói trágico que leva à sua queda. Minha mãe explicou que o termo foi criado pelo filósofo grego Aristóteles, e pode significar apenas falha ou erro, ou uma falha trágica ou erro de julgamento, incluindo acidentes, pecados e delitos, ou ainda um erro involuntário devido à ignorância de uma circunstância.

"Erro" em grego quer dizer "transgressão", e não significa falha! A hamartia de um caráter nobre é sempre o que define a ação trágica em movimento. Ou algo mais ou menos assim.

Carrinho ainda não consegue dormir, e já, já vai amanhecer. Tudo o incomoda, mas ele não consegue parar de pensar na mensagem que recebeu antes, de @Ricardocaca$. Decide escrever no privado para ele.

📩 **@IvanOEST**
Bom dia. Ou boa noite. Ou não sei.

📩 **@Ricardocaca$**
Tô na área.

📩 **@IvanOEST**
Tava pensando na sua mensagem.

📩 **@Ricardocaca$**
Que tem ela?

📩 **@IvanOEST**
Cara, que tenso, não faz isso não.

📩 **@Ricardocaca$**
Você já passou fome?

📩 **@IvanOEST**
Cê tem família, mano. Pensa neles.

📩 **@Ricardocaca$**
ELES NEM ME VEEM. EU SOU SÓ MAIS UM PROBLEMA NO MEIO DE UMA CASA BARULHENTA.

📨 @IvanOEST
Pensa na música do Racionais, mano, pensa nela #racionaismcs #tôouvindoalguémmechamar

📨 @Ricardocaca$
Não sou ligado em música não.

📨 @IvanOEST
Vc não tá sozinho, vai conversar com sua família, amigos, sei lá, mas dá outro jeito.

📨 @Ricardocaca$
Que papo é esse, maluco? Tô com fome, na rua...

📨 @IvanOEST
Fala comigo, vamos conversar.

📨 @Ricardocaca$
Meu crédito vai acabar.

📨 @IvanOEST
Peraí. Não desliga.

Carrinho espera e espera. Deita de novo na cama e apoia o celular na barriga. Acaba adormecendo assim. Acorda tarde, com a irmã dizendo que tem que abrir as janelas, arejar um pouco, que o quarto está com um cheiro horrível de suor e umidade.

O DIA PASSA e Carrinho não recebe mais nenhuma mensagem de @Ricardocaca$. Depois do almoço — um frango assado que ele finge que não gosta, mas gosta —, tem o encontro on-line do clube de ciências, mas nada consegue tirar aquela história da sua cabeça. Só pensa no assalto à lanchonete. Já vê @Ricardocaca$ preso, ou coisa até pior. Imagina o jovem pedindo socorro e gritando seu nome: IVANOEST! Imagina Ricardo vinte anos depois, saindo da cadeia, com a barba grisalha e o olhar sombrio. Tudo porque roubou um suco de laranja e uma coxinha engordurada. Já vê Ricardo indo até sua casa para se vingar, porque ele não disse a coisa certa. Se culpa por não ter dito o que Michelle Obama disse em uma palestra que ele viu na escola: "Você não é invisível".

Entra no Twitter. Tem quatrocentos e trinta seguidores. Fica esperando ansioso pela resposta de @Ricardocaca$. Está tenso.

A aula acaba e ele corre pra ver as mensagens. @Ricardocaca$ digita.

Que demora.

Ele lê.

> ⬥ **@Ricardocaca$**
> Já tô em casa. Almocei com minha mãe. Conversei com ela. Com meu velho eu não vou falar nada, ele não vai entender. Obrigado por ter me escutado. Minha mãe me disse e eu queria dizer pra você também: nós não somos invisíveis. Até já. Valeu mesmo.

Essa sensação Carrinho não conhecia. Nem sabe o nome, mas ela provoca um sorriso nele.

Continua conferindo suas mensagens privadas. Tem dez esperando. Abre a do seu próximo "fã".

📨 @Marcelopigmeu
IvanOEST, curto muito seu flow. Tô bem acima do peso mano. Vi que seu shape é sequinho. Você pratica algum esporte?

📨 @IvanOEST
Valeu pela pergunta, Estatística. Sou da capoeira, mano. Mas o lance é não ficar parado. Levanta essa buzanfa e vai fazer alguma coisa. Tô por aqui.

📨 @NeyUbiraci
Qual a boa da semana IvanOEST? Tô de lance com uma menina e não sei como impressionar ela. Nem é namorada. Acho que é só balada mesmo, mas quero impressionar mandando a letra certa. E aí?

Carrinho pesquisa um monte de música. Numa delas acha o conselho ideal.

📨 @IvanOEST
@NeyUbiraci Primeiro troca esse arroba, descola um nome mais style. Chama ela pra um papo na madrugada, todo mundo tá mais fácil pra conversar desses lances de love na madruga. E acho que você devia assumir que tá de paixãozinha. Porque se fosse só lance rápido você não precisaria falar comigo. E se liga: "pagar bebida é fácil. Difícil é apresentar pros pais". Tô por aqui, Estatística.

@NeyUbiraci
Será? Vou tentar, te dou notícias. Você é fera!

Depois que lê a mensagem, ele pensa em Iza Dora e sente um aperto no peito. Se Carrinho seguisse os conselhos de IvanOEST, talvez estivesse numa situação bem melhor com ela. Talvez voltassem a se falar.

Lê a próxima mensagem, responde, e assim segue. Como IvanOEST, ele se sente poderoso. Não há pergunta que não saiba responder. A partir da quarta resposta, faz uma voz alta e rouca ao ler seus conselhos.

Liga a caixinha de som, coloca o saco de papel na cabeça e, embalado por sua playlist, sai respondendo aos seguidores ávidos por palavras de sabedoria.

Cantarola e responde. Sabe bem o que está sentindo.

Quando chega a décima e última consulta, já não acha que tem limite, e nesse fogo ele comete sua hamartia.

@NonatinhoGusba
Acho que vou repetir de ano pela segunda vez. Tô morto de vergonha. Como é que vou olhar na cara dos meus antigos colegas da escola?

@IvanOEST
Não precisa ter vergonha. Tem pessoas que têm problemas piores que o seu. Vou te contar um segredo, mas você precisa prometer não contar pra ninguém. Promete?

@NonatinhoGusba
Claro.

🛩 @IvanOEST
Eu tenho uma coisa super rara no meu rosto e por isso não mostro pra ninguém. Mas nem por isso tenho vergonha de falar minhas ideias aqui nas redes.

🛩 @NonatinhoGusba
É uma doença?

🛩 @IvanOEST
Eu não considero, mas algumas pessoas podem achar que sim.

🛩 @NonatinhoGusba
E você precisa de alguma coisa?

🛩 @IvanOEST
Dinheiro sempre ajuda. Rs Mas por ora nada. Só quero que você me escute.

🛩 @NonatinhoGusba

Carrinho fecha a tela do celular e desliga o som da caixinha. Vai para o banho cheio de suor e satisfação. A água escorre pelo corpo como se tirasse a casca do seu antigo eu. Volta para o quarto e dorme satisfeito.

NA MANHÃ SEGUINTE acorda totalmente relaxado. Pela fresta da porta vê Vitória arrumando o quarto com muito capricho. Na tela do celular, um aviso de 65 mensagens não abertas. Abre a timeline. A cada nova mensagem, o suor escorre mais intenso, junto com a inesperada chuva de solidariedade.

Mensagem 1

@Dito
Força Ivan.

Mensagem 12

@BiaRam
Estamos com você.

Mensagem 30

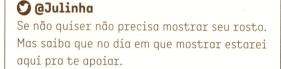
@Julinha
Se não quiser não precisa mostrar seu rosto. Mas saiba que no dia em que mostrar estarei aqui pra te apoiar.

Mensagem 46

> **🕊 @Ricardocaca$**
> Suas palavras mudaram minha vida. Compartilhe conosco o que precisar e estamos aqui por você.

Mensagem 51

> **🕊 @Filhadaestatistica**
> Comecei essa vaquinha online pra ajudar o IvanOEST. Pra ajudar basta clicar no link.

Mensagem 59

> **🕊 @NeyUbiraci**
> Já doei R$10

Mensagem 60

> **🕊 @Vamosaocinema**
> R$100 depositados.

Mensagem 61

> **🕊 @Clariceeumesma**
> Esse mês fico sem lanche, mas sei que os R$200 são para uma boa causa. Estamos com você @IvanOEST.

Mensagem 62

> **@Filhadaestatistica**
> Batemos R$3500!!!

Mensagem 63

> **@Filhodomaior**
> Em sua homenagem vou usar esta máscara de saco de pão até você melhorar.

Mensagem 64

> **@AntonioTGomes**
> @Ivan0EST, me manda seu endereço, quero te mandar um presente da loja do meu pai. Você é gigante!

Mensagem 65

> **@NonatinhoGusba**
> Desculpa, tive que fazer alguma coisa. Espero que tenha ajudado. Conte comigo.

Tenho um plano, que talvez não seja o melhor, mas é o que é possível: não fazer nada. Tentei dormir, mas a cabeça não parava. Adormeci e despertei depois de um sonho estranhíssimo.

No sonho eu me via no topo de uma escada, que ficava dentro de um cubo. Eu não tinha rosto, era apenas um corpo. De repente, uma mão gigante veio do espaço e apontou para um quadrado preto também gigante que estava num canto do cubo. Sem poder controlar meu corpo, caminhei até lá. Ao pisar no quadrado, ele se transformou num casebre de madeira com várias portas. Me senti num video game.

Entrei em todas as portas, mas não tinha nada. Até que vi uma janela minúscula, de onde vinha uma luz. Me aproximei e meu corpo começou a desmontar no ar. Um passo e perdi a perna direita. Um salto e me voaram os braços. Me arrastei e meu tronco ficou pelo caminho. A cabeça girou e se transformou em olhos, que se aproximaram e viram uma mensagem numa parede envelhecida: "Vigésima segunda página!".

Acordei suado e entendi que era um aviso. Um sinal. Um enigma. Por isso, corri até o caderno da minha mãe. Passei suas páginas, ansioso, buscando a vigésima segunda, e olha o que achei:

PÁGINA 1
Nome, idade, endereço de mamãe e uma lista
de objetivos.

PÁGINA 2
Começa o diário.

PÁGINA 11
Dúvidas quanto ao que fazer com o caderno.

PÁGINA 20
Um fio de esperança.

PÁGINAS 48 A 68
Poesias roubadas.

PÁGINAS 85 E 86
Rabiscos violentos.

PÁGINA 100
Nomes para cachorros.

PÁGINA 117
Briga com vovó.

PÁGINA 130
Um papel de bala, lembranças.

PÁGINA 142
Uma aquarela feita à mão em três cores.

PÁGINAS 160 A 200
Anotações, e, no fim, escrito em letras garrafais: PEQUENO.

PÁGINA 222
Comentários sobre o filme que ela ia ver.

A página 22 já tinha passado fazia tempo... Voltei e vi que estava em branco. Contei novamente as páginas. Conferi para ver se alguma tinha sido arrancada. Não. Como sou um homem da ciência e para mim tudo tem explicação racional, encontrei uma rapidamente: sonhos às vezes são apenas sonhos. Ou são uma maneira de nos acordar para fazer algo importante.

3800 seguidores.

Carrinho pega o celular, vai até a janela do quarto e aponta a câmera para o número da casa da esquina, que fica quase em frente à sua. Amplia o zoom e consegue identificar: 156A. É a única casa com caixa de correio externa. É a única casa que ele sabe que os donos não estão. Foram para o interior do estado assim que começou a pandemia.

Anota num papel: Rua Miguel Lemos 156A, Humaitá de Cima.

Abre a rede, vai direto para o direct de @AntonioTGomes e digita o endereço, mas não consegue clicar para enviar.

Sai do perfil de @IvanOEST e entra no do @ZÉ.

> **@Zé**
> Atenção seguidores do @IvanOEST. Venho aqui dizer que vocês não precisam se preocupar com ele. Na verdade somos primos e gostamos de ficar zoando um com o outro. Ele não precisa de nada. Não precisa de ajuda, de pena nem de dinheiro.

> **@IvanOEST**
> Valeu, primo @ZÉ! É isso aí, pessoal. Brincadeira de família. Não precisa mesmo da vaquinha. Até me emocionei, mas usem essa grana com alguém que realmente precisa. Tem muita gente necessitada.

> **@Filhadaestatística**
> Eu não esperava outra coisa de você. Mas vamos te enviar essa ajuda. Ela é pra você. Chegamos a R$9100!

> **@Zé**
> Deixa de ser pirada mina. O cara não precisa.

> **@Filhadaestatística**
> O que ele não precisa é de inveja. Cala a boca. Você tá cancelado.

Zé é bloqueado por ela.

> **@IvanOEST**
> @Filhadaestatística, não precisa brigar. É sério, não estou precisando mesmo.

> **@natalihmrp**
> @Filhadaestatística tá muito certa.

> **@NeyUbiraci**
> #cancelaozé

> **@Filhodomaior**
> #cancelaozé

> **@aeragabi**
> #cancelaozé

4207 seguidores.

> **@AntonioTGomes**
> Me manda seu endereço.

> **@soulamarioh**
> Manda aí, mano.

> 🐦 **@Fekera**
> Depositei R$900 agora e completou R$10 000!
> #cancelaozé

3908 seguidores.

> ✈ **@AntonioTGomes**
> Só quero te mandar uma camiseta.
> É só um gesto de carinho.

Mensagem direta.

> ✈ **@IvanOEST**
> Rua Miguel Lemos 156A – Humaitá de Cima.

4506 seguidores.

> ✈ **@furacãocomacanhota**
> Minha namorada tá gravida. Não tenho talento nem idade pra ser pai. Tô me sentindo só. Acho que vou pular fora porque a família dela tá mais pronta pra essa bronca.

> ✈ **@IvanOEST**
> Não sei qual vai ser o jeito que você vai dar. Mas vai ter que fazer alguma coisa. E logo.

Ele começa uma live.

[LIVE] **@IvanOEST**
Irresponsável! Inconsequente! Fugir da sua responsabilidade tem consequências. O peso dessa mentira pode ser pra sempre, e na hora em que quiser voltar atrás, talvez seja tarde demais. Faça o certo agora. Por que não consegue parar? Fica se escondendo atrás dessa máscara de "não consegue". Como não consegue? Como não consegue?
Essa mensagem é pra um Estatística que me procurou dizendo que não vai assumir o boneco que ele mesmo fez. Desculpe o tom meio nervoso, mas eu precisava dizer que já que ele não fez o que tinha que ter feito, que era vestir o... Enfim... Agora tem um monte de caminho. Só não pode fugir.
Não sei qual vai ser o jeito que você vai dar. Mas vai ter que fazer alguma coisa. E logo.

Um, dois, três, testando. Não sei por que e para quem estou gravando esses áudios. Então, se você os encontrar, ou se você, Carlos, estiver escutando esses áudios de quando era um moleque bizarro que ficava falando com tudo menos com um ser humano na pandemia, quero registrar aqui uma coisa que nunca vou postar numa rede social, mesmo porque lá não é lugar pra falar verdades. É só um lugar pra estar. Pelo menos é o que eu acho. Hoje. No futuro posso até ter mudado de ideia. Mudei? Se bem que esse tal futuro não existe. Porque ele nunca chega. Quando chega já é presente e segundos depois já é passado. Então por que pensar tanto nele?
Meu pai sempre diz: "Essa fase da vida não volta mais. Aprenda enquanto pode para no futuro ter a profissão

que quiser". Então eu foco muito nos estudos. Um dia vou poder ganhar dinheiro viajando, esse é o meu sonho, e sempre que eu voltar pra casa vou trazer muitos presentes. Vou poder me bancar, trocar o tablet da pentelha da Vitória e pagar todas as contas do meu pai, todas elas. Será? O tio Ivan me disse que nós pretos sempre redistribuímos a grana que ganhamos. Estamos sempre cuidando de alguém e por isso é mais difícil ficarmos ricos. Mas tem jeito? Eu nem falo desse lance por aí, pra manter certa aparência.

Ninguém na escola sabe que eu não moro com minha mãe, que somos só minha avó, meu pai e minha irmã. Quer dizer, agora só meu pai e Vitória. Minha avó tá com uma amiga até a covid sumir.

Ninguém sabe que, há dois anos, minha mãe conseguiu uma bolsa de doutorado e depois um emprego fora. Ela não brigou com meu pai, não brigou com a gente, mas eu não sei se um dia vai voltar. Meu pai diz que sim, mas eu não tenho essa certeza toda. Nem sei se eles são casados ainda.

Como você já sabe, eu também não fico dizendo em casa que morro de saudades dela. Eu costumava dizer, mas ficava muito triste. Era uma tristeza disfarçada, porque afinal ela não morreu.

Na escola, ninguém sabe que meu pai tem dois empregos pra dar uma vida legal pra gente depois de uma carreira de lutador de boxe malsucedida. Prefiro assim, mas é bom ter alguém pra confiar e contar essas coisas. Minha avó seria essa pessoa, pena que está fora. Eu conto tudo pra ela. Menos da saudade da minha mãe. Da saudade da minha mãe só contei um dia pra Vitória, mas aí ela ficou meio estranha. Toda pegajosa. Tentou falar de novo sobre isso, por mensagem de texto, e eu só respondi com emojis. Ao vivo a gente nunca fala. Agora que Fissura tá quase morrendo, não sei como vai ser. Acho que minha mãe só fica fora mais um ano. Acho que dá pra aguentar. Eu não sou tão babaca assim. Eu sei que, como diz meu pai: "Ela tá construindo a história dela". Essa certeza aumenta mais a cada coisa que vejo que minha mãe escreveu no caderno.

Com fome, Carlos descasca uma tangerina. Brinca de tentar manter a casca o mais intacta possível para deixar na fruteira e ver o pai dar um leve sorriso ao ser enganado.

Um pouco do ácido da casca voa nos seus olhos. Com medo de ter queimado a pupila, ele solta um palavrão e joga o caderno longe. Corre para o banheiro para lavar os olhos. Na volta, nota uma página mais grossa do caderno. São duas páginas coladas.

Com todo o cuidado, como se fosse uma tangerina, ele separa as páginas. Estão um pouco danificadas pela cola, mas dá pra ler. É a mãe falando da avó dele.

Bonita, inofensiva e de casa. É assim que minha mãe me cria. Tudo o que eu faço, ela diz que é errado. "Sente direito", "Não encare as pessoas", "Pare de correr contra o vento, vai entortar a boca", "Você não sabe escolher o que é certo, Célia, me escute!".

Já briguei várias vezes com minha mãe. Não quero ser criada assim. Na nossa última briga, cheguei ao ponto de dizer que a odiava e a xinguei dos piores nomes. Ela não reagiu. Apenas se retirou da sala.

Já eu, chorei como há muito tempo não chorava. Chorei como se fosse a Célia de quatro anos de idade.

Mas, hoje, entendi minha mãe.

Estávamos na feira de entulhos a que ela insiste

em me levar. Parei na barraca de fotos antigas enquanto mamãe procurava um abajur. Eu estava olhando as fotos, distraída, quando de repente vi que ela discutia com um senhor. Estava exaltada e gesticulava com firmeza. Depois veio até mim e me puxou para irmos embora. Perguntei o que tinha acontecido e ela soltou a seguinte frase: "Maldito passado que me persegue e insiste em não morrer".

Não me contive. Quando o ônibus chegou, deixei que ela entrasse primeiro e, antes que arrancasse, pulei, deixando mamãe sozinha lá dentro. Corri de volta para a feira. Procurei o homem e o encontrei fumando um charuto próximo à barraca das bonecas caolhas. Insisti para que me dissesse quem era e por que havia brigado com a senhora de vestido azul-turquesa. Ele se limitou a me dizer que era apenas um fã da Faquiresa Sumaya. Nisso minha mãe chegou e me deu um tapa na cara, na frente de todo mundo. Em casa, ela me contou quem tinha sido no passado.

Depois disso é impossível ler o que está escrito, por causa da cola. No fim, distingue-se uma frase:

Perdoo minha mãe e agora a amo mais do que nunca.

O jovem de braços longos fica tocado. Procura as benditas cartas da mãe. Fica com elas na mão, mas não consegue se concentrar e muito menos lidar com o que talvez sinta. Quando vê, já se passaram tantas horas que só lhe resta lavar os pratos acumulados, arrumar a cama, arrastar o sofá pra tirar de lá um papel de chocolate que caiu semana passada e se sentar próximo à janela e esperar.

QUATRO DA TARDE. No número 156A, um pacote é deixado. Algumas pessoas passam. Ansioso para que a noite chegue, Carrinho continua aguardando em frente à janela. Na cama, estão separados um par de luvas e óculos escuros.

É noite. Já vestido, Carrinho passa pelo quarto de Vitória, que nem percebe. Ele pensa em lhe dar um susto. Até ri imaginando a reação dela. Claro que não faz isso, porque a prioridade é conseguir pegar o pacote sem que ninguém veja.

Abre a porta e percebe que não vai conseguir chegar na caixa de correio sem que os vizinhos vejam. Como ele não pode sair, é bem possível que contem tudo ao pai. Bastante gente sai para caminhar à noite. Ele volta e espera a madrugada.

Na espera, recorre ao bloco de notas. Encontra piadas, anotações da escola e reconhece a primeira anotação que fez, num outro tempo. Nove meses antes, Carrinho havia tentado compor. E a composição não era samba nem pop nem MPB. Fora no hip-hop que ele quisera se arriscar.

O título era "Meus flows".

Mas ali só tem uma tentativa incompleta de "mandar alguma ideia". Carrinho se pergunta por que desistiu. Lê os versos e entende. Não tem métrica nem suingue nem sentido. As rimas são pobres, e ele já pensa diferente.

Abre uma nova aba. Escreve "Meu novo flow": "Meu novo flow é porque o outro fraquejou. / Se liga, família, vou mudar a minha trilha. / Traço bom, minha rima te metralha. / Quero ver cê me enfrentar na batalha."

E... mais nada. Não sabe se é ruim mesmo ou se a tensão do pacote que chegou atrapalha seu raciocínio.

A madrugada chega. Carrinho se esgueira pela rua vazia.

Pega a caixa com seu nome. Corre e durante o trajeto começa a abrir ansioso o pacote com a certeza de que vai encontrar uma camiseta. A dúvida é: o que será que está escrito nela? Alguma frase de coach?

A camiseta está enrolada e Carrinho a sacode aberta para ler a frase. De dentro do bolinho formado cai algo rígido. É uma caixinha com um celular. De última geração. Com muita memória e recursos a que Carrinho ainda não tinha tido acesso. Ele não parou pra ver a frase da camiseta, se concentrou no cartão que veio junto:

"Se cuida, você merece. Que este novo aparelho te traga alegrias e mais mensagens para nós. Não se preocupa. Contei pro meu pai sua história e ele doou o aparelho sabendo que está fazendo o bem."

Carrinho nem sabe como chegou ao quarto. Olhando para a caixa do celular, que não tem coragem de abrir, compara-o com seu aparelho atual. É pelo menos quatro versões mais novo. Sente um repentino prazer. Mas o frisson passa assim que avalia as possíveis consequências. *Será que alguém vai descobrir? Eu não preciso disso. Do que eu precisava quando nasceu IvanOEST? Já não lembra. Por que ele não enviou só a camiseta?*

Procura a camiseta e não encontra. Terá largado na rua? Não consegue ir até a porta para procurá-la. Só olha para o aparelho e pensa. *Posso ter deixado cair na sala, na escada ou no corredor.* Decide adiar o problema.

Apaga a luz, mas não consegue dormir. Levanta e volta à letra do seu rap. Finge não ser mais Carrinho/OEST/Zé.

Versos sem sentido. Uns pretensiosos, outros por demais humildes. Uns só ruins mesmo.

Enfim toma coragem e abre o perfil do Zé. Mais seguidores chegaram. Ainda assim, Carrinho resolve apagar Zé do mundo. E faz isso de forma praticamente irremediável. Apaga suas postagens. Muda o nome para "Ninguém". E assim mata, com dó mas sem piedade, o menino Zé.

Passa agora ao perfil de OEST. Fartura. Mais seguidores, mais doações, mais pedidos de conselho e na sua caixa de mensagens a pergunta:

🛩️ **@AntonioTGomes**
Gostou do presente?

Entre as novas mensagens, uma aumenta mais sua angústia.
É @IZA_DORA_primeira.
Ela. Com quem ele já não fala há dois meses, pelo menos.
Ela, que terminou com ele sem nem explicar.
Ela, que diz não gostar tanto assim das "redes antissociais".
O que ela dizia?

É DE MANHÃ. Carrinho dormiu mal, ainda não acredita no que leu. Pega de novo o celular.

> ◉ **@IZA_DORA_primeira**
> Te admiro. Desde os primeiros vídeos. Vi q com sua capa de defendido tinha esse cara sensível. Um dia quero te conhecer e te dar um abraço.

Assim que leu a mensagem de Iza, naquela madrugada, sentiu ciúme. Xingou, digitou quatro respostas diferentes e desistiu de enviar, lembrou os papos bons. Buscou o telefone dela na memória do celular para ligar, não ligou, xingou, se arrependeu, lembrou o beijo que deram na porta da escola. Lembrou o dia em que escolheram as seis pessoas que viajariam de trailer com eles antes da faculdade, lembrou o dia em que ela reclamou que ele era desligado e o acusou de não se interessar por ela, mas se lembrou também do cheiro de Iza Dora. Sorriu lembrando a mão pesada dela, que sempre chegava e dava um tapão nas costas dele, que sempre se irritava, mas que perdoava, porque logo depois vinha a piada mais legal ou o beijo mais carinhoso.

Por fim, tenta transformar isso tudo em música. Vê que não consegue. Fecha os olhos, mas uma reta de luz insiste em sobressair mesmo com os olhos fechados. É uma pequena e insistente luz alaranjada que fica no negro dos olhos fechados, vai mudando de forma, uma mancha, um S, um rosto de lado, uma raquete, o rosto de Iza. Abre os olhos. Levanta. Abre a porta.

Acordei tarde de novo, a Vitória fez uma cara preocupada quando me viu.
Ela entrou no quarto para abrir as janelas e me chamou de bagunceiro, disse que tinha um monte de roupa suja espalhada, que eu precisava cuidar melhor das minhas coisas, me organizar e blá-blá-blá. Eu disse que até o papel de chocolate atrás do sofá eu tirei.
Fui pra sala, pra não ter que ficar ouvindo reclamação. Sou organizado. Quer dizer, posso ser organizado, mas é que agora tenho outras coisas pra fazer.
Digitei no celular: FAQUIRESA SUMAYA. Encontrei no site de uma revista de curiosidades a história das mulheres faquires no Brasil. Rossana, Rose Rogê, Yone, a Mística, Zaida, Suzy King e, enfim, Faquiresa Sumaya!

Em busca da fama, as mulheres faquir chegavam a ficar semanas sem comer nada, deitadas em camas cheias de pregos e abraçadas com serpentes. Algumas se apresentavam em praças ou outros lugares públicos, deitadas sobre cacos de vidro, reclusas dentro de caixas de vidro.
Uma delas foi a Faquiresa Sumaya.
Sua família era do interior da Bahia, mais precisamente de Cachoeira de São Félix, de onde Sumaya saiu de casa aos catorze anos para ganhar a vida no Rio de Janeiro. Ficou tão impressionada com a performance do Faquir Geraldo, um homem com uma perna só que fazia apresentações no largo da Carioca, que decidiu fazer o

mesmo que ele para tentar se manter na nova cidade. A ideia era cobrar ingressos para quem quisesse vê-la passando semanas sem comer. Mas as primeiras apresentações não deram certo, e foi quando ela descobriu as faquiresas de Paris, que volta e meia apareciam nas capas dos jornais.

Assim, antes de completar um ano na carreira do faquirismo, Sumaya quebrou o recorde brasileiro feminino de jejum — foram 56 dias de fome e clausura! Chegou a ser convidada para trabalhar como atriz de cinema, mas estava tão feliz com as aventuras que a rua lhe trazia que continuou faquiresa. Um dia, durante uma apresentação em que, de jejum, estava deitada em cacos de vidro numa caixa, sentiu vontade de ir ao banheiro. Os homens que assistiam ao espetáculo não quiseram sair quando ela pediu alguns momentos de privacidade. Abalada, Sumaya acabou se desconcentrando e se cortou nos cacos de vidro. Além disso, os repórteres também a perturbavam: nas matérias que escreviam para os jornais, menosprezavam seu jejum, relacionando sua atividade com algum romance frustrado. Sumaya foi ficando cada vez mais desmotivada, até que desistiu da carreira, vivendo o restante de sua vida atormentada pelo fracasso.

Descobri que minha avó passou uma vida se escondendo depois de ter se mostrado. E olha o que minha irmã escreveu.

Sou de uma linhagem de mulheres em compasso diferente do tempo em que viveram.

Depois de escrever isso, Vitória decidiu dar um fim à história de Stefane Kate.

SK viveu com o príncipe. Mas descobriu que perdera tempo demais lutando para fazer Peter feliz, quando ela mesma no fundo era infeliz.

E, assim, nossa princesinha foi em busca da sua realização. Não queria saber de ser a metade da laranja de ninguém. Queria mesmo era ser uma laranja inteira.

E dançou e trabalhou e fez amigas e amou e foi amada. Sabia que tinha esse direito.

Com o passar dos anos, nasceu uma nova princesa, que a cada dia se conhecia mais um pouco.

Olá, Caderno, eu sou Carrinho, irmão da Vitória.

A pirralha da minha irmã vive escrevendo em você, nas páginas que nossa mãe deixou em branco. Então achei que eu também podia colocar alguma coisa aqui, já que o caderno não é só dela, né?

Ah, chega, não consigo.

Quero falar é com você, Vitória.

Pois é, tenho lido o que você e a mamãe escreveram nesse caderno. Não se preocupa, porque já me toquei que não devia ler tudo sem sua autorização. Quando quiser falar sobre as coisas da vida, eu vou ficar mais atento.

Te lendo, lembrei até de uma lista que eu fiz. Então, pra não parecer que eu sei mais de você do que você de mim, te conto as dez coisas que pensei que só eu fazia, mas um monte de gente faz. (O que faz de mim uma pessoa mais comum do que eu gostaria de ser.)

1. Já abri o Face de uma pessoa para saber o que ela falou — ou não falou — de mim.

2. Já balancei a cadeira da escola para trás em uma aula chata com vontade de cair e já caí duas vezes.

3. Tenho medo de que saia mais uma espinha em mim.

4. Já pensei em fugir de casa.

5. Já pensei que não era filho do papai e da mamãe.

6. Já cantei em frente ao ventilador para escutar como é que fica a voz.

7. Já liguei o celular por baixo do cobertor para ninguém ver que ainda estou conectado (como se ninguém fosse ver a luzinha, né?).

8. Já abri a geladeira sem motivo e fiquei olhando pra ela como se fosse uma televisão.

9. Já tive vontade de dar um pum numa garrafa pra depois cheirar.

10. Várias vezes apaguei tudo o que estava escrevendo com medo de que alguém lesse.

Quer saber, na verdade já dei o pum na garrafa. Inclusive tampei e te dei pra cheirar, mas já tinha escapado e você nem notou. O que me deixou bem decepcionado. Mas a gente era criança nessa época, lembra?

Te curto, viu, pirralha? E te acho uma das pessoas mais bonitas do mundo.

NO SITE DE BUSCAS, ELE DIGITOU: Por que mentimos? Encontrou 389 mil respostas para a pergunta.

Abriu uma das páginas e leu com atenção.

> *Mais do que uma falha de caráter, mentir é uma questão de sobrevivência. E mais: se serve de consolo, o humano não é o único a viver de enganos. Outros seres vivos, como plantas e animais, também aprontam para conseguir o que querem. Até os vírus têm hábeis estratégias para trapacear os sistemas imunológicos de seus hospedeiros.*
>
> *Como um animal mente? De vários jeitos. O mais conhecido é o do camaleão, que muda de cor conforme seu entorno. Muito tempo atrás, ele era apenas um entre vários "pré-camaleões". Só que acabavam sendo devorados por seus predadores. E qual sobreviveu? Aquele que foi capaz de se disfarçar, misturando-se com a paisagem e desaparecendo da vista de seus algozes. A essa capacidade de adaptação ao ambiente, os zoólogos dão o nome de "mimetismo".*
>
> *Às vezes, uma criatura tende a imitar o hábito de outra para escapar de inimigos naturais. Foi o que aconteceu com as borboletas da família Pieridae. Elas são uma fina iguaria para os pássaros. Para fugir das investidas deles, passaram a voar com as borboletas da família Heliconiinae, que têm um sabor detestável para os pássaros.*
>
> *Mentimos todos os dias. Na maior parte das vezes, fazemos isso por insegurança pessoal. A mentira pode ser uma arma de defesa, mas carregá-la nas costas tem um custo.*

Depois de ler isso, Carrinho produz dois gifs. Em um deles, tira a máscara de papel e revela seu verdadeiro rosto. No outro, dá continuidade à sua farsa: @IvanOEST apenas agradece a solidariedade de seus seguidores e aceita o dinheiro e o celular.

Pensa bem, e os gifs já não lhe parecem tão engraçados. Se sente muito só.

[LIVE] **@IvanOEST**
E se eu for sincero, o que é que vai acontecer?
Meu pai uma vez me disse: É preciso fazer o certo, mesmo que ninguém esteja vendo. Já o tio Ivan uma vez me perguntou: Quem disse a você que homem não chora? Não fraqueja? Não se cuida?
Pra me cuidar eu vou ter que ficar nu pra vocês.

Visualizações aumentam.
Carlos tira a máscara.
Pipocam comentários. Ele revela a farsa de forma atrapalhada, bem diferente do que tinha preparado. Suas palavras são confusas, gagueja, ri sem motivo, segura o choro, mas segue. Fala do Zé e do Ivan. As visualizações caem. Com a fuga dos seguidores, uma calma o invade. Agora sua fala é livre.

Ele diz que é lindo viajar, conhecer o mundo, outras culturas, mas também é bom viajar pra dentro de si mesmo. E é bem difícil. Por isso quis tirar a máscara e revelar a farsa. Conhecer seus medos e forças. Os seguidores odeiam o tom emotivo. Carlos declama hip-hop. Fala da família, do tio, da avó, do pai, da irmã. Fala da capoeira, em que adoraria levar jeito. Fala do clube de ciências e da escola, das saudades que sente. Fala também que a gente pode se sentir sozinho mesmo que acompanhado. E que a solidão é maior quando a gente não se conhece.

Fala sobre Iza. A paixão que o deixou. No fim, resta um seguidor. Na presença da última pessoa, quase diz "Te amo, Iza", mas só balbucia:

Sinto muita falta da Iza, mas bola que segue.

Dobra a cabeça de papel, coloca o celular novo dentro da caixa e o enfia num envelope com o endereço do remetente. Se lembra da camiseta. Procura pela casa toda e encontra no cesto de roupa suja. Tem uma interrogação riscada e um ponto final do lado. Fica com ela.

Escutei a chave na porta de casa. Olhei pela janela e o sol já nascia. Desci e encontrei meu pai. Ele me recebeu com um tapinha no ombro e depois com um afago no rosto, disse que ia tomar um banho pra tirar o cheiro de peixe. Eu disse que esperaria para tomarmos o café da manhã juntos.

Minha irmã desceu e me olhou, mas não falou nada. Só deu um sorrisinho e correu pra abraçar meu pai.

Ele disse que tinha uma surpresa. Tirou da bolsa um caderno pequeno. Na capa, estava escrito: "Peixaria Sereia Carioca". Minha irmã abriu na primeira página em branco. Pensei na Vitória do futuro com aquele mesmo caderno nas mãos, quando as páginas não estariam mais em branco, mas repletas de aventuras. As aventuras dela mesma. Torço pra que eu apareça em algumas passagens.

Escutei meu pai gargalhando na cozinha e pensei: ele achou a tangerina.

Coloquei pra tocar bem alto a música "Principia" do álbum *Amarelo* do Emicida. Embalei e cantei junto: "Tudo que nós tem é nós".

Vitória pediu o celular do meu pai para conferir suas redes e encontrou uma mensagem da Beth. Beth era considerada a menina mais inteligente da escola, por isso Vitória ficou surpresa ao ver que ela queria ajuda pra escrever uma redação. Beth vai sair da nossa escola, e para ser admitida em outra tem que escrever uma carta falando de sua vida e de suas expectativas. Escrita não é o forte dela, Beth confessou.

A mensagem dizia ainda mais. Antes da pandemia, Beth

tinha encontrado na impressora da escola um texto da minha irmã sobre as origens da nossa família. Gostou tanto que não devolveu. Ela acha que Vitória é uma ótima escritora e que pode ajudar muito na pesquisa que ela quer fazer sobre sua própria família. Beth disse que não sabe quase nada sobre suas origens. Vitória contou tudo isso pra mim sem olhar nos meus olhos.

No meio da minha cantoria, eu só disse: "É fácil, diz a ela pra começar conversando sobre isso com os que estão mais perto dela". As duas marcaram uma chamada de vídeo para hoje mesmo. Vou emprestar meu celular pra ela.

Eu disse: "Talvez nasça daí uma amizade, quem sabe?".

A Vitória disse: "Pois é, quem diria? Logo a Beth".

Meu pai, que nem sabíamos que estava ali, mas que tinha ouvido tudo, comentou: "Por isso que, na falta de certezas, eu simplesmente vivo". E jogou a casca de tangerina em nós. Sorrimos.

Acho que estou começando a entender um pouco mais sobre liberdade. Desliguei a música e me preparei pra subir.

Minha irmã disse: "Muito legal a sua live. Foi corajoso falar na Iza e dizer que a vida segue".

Percebi que a última pessoa a sair da live tinha sido a minha irmã.

Peguei um pote enorme de sorvete e duas colheres então disse pra Vitória: "E se a gente só ficasse aqui conversando?".

E assim a gente fez.

Naquele momento eles entenderam sobre irmandade. Aquela que nasce independente do sangue, aquela que faz com que as pessoas marchem juntas, se acolham, sorriam às vezes pelos motivos mais bobos. Pessoas que em alguns momentos estão só escutando, perto, oferecendo um olhar interessado. E sem máscaras.

UM ÚLTIMO CLIQUE

→ **AS CARTAS**

Vitória e Carlos,

Sei que os telefonemas, cada dia mais raros, e os e-mails, cada dia mais curtos, já não dão vazão ao tamanho da nossa saudade. E, ainda que Carlos fuja de mim e que Vitória lacrimeje e não transforme em palavras o que sente, saibam que mesmo longe meu coração está aí pertinho, e que entendo vocês. Queria que me entendessem também, por isso recorri a uma coisa que fazíamos muito no passado: escrever cartas. Mas não são cartas quaisquer. Elas têm as memórias especiais das minhas andanças.
Gostaria que soubessem o que senti e vivi na idade em que vocês estão agora. Eu tinha muitas dúvidas, mas também era cheia de certezas. Uma certeza que eu tinha era a de que meu lugar era em todo canto. Um lugar só não me basta. Talvez seja por isso que escolhi esta profissão. Mas isso não impede que eu sinta saudades. Sinto saudades de seus sorrisos. Sinto falta de ouvir o ronco de gatinha da Vitória no meio da noite, quando eu acordava pra beber água. Sinto falta do bico mal-humorado do Carlos quando eu dizia que era hora de tomar banho. Sinto falta de dividir com vocês os lugares que eu visitei e até os que eu adoraria visitar um dia. Por isso, a cada viagem que fiz ao longo desses anos, guardei lembranças e vivências únicas. Volto daqui a alguns meses com mais histórias e abraços para oferecer, mas, por ora, vejam esses cantos

do mundo que têm tanto a nos dizer.
Um canto para cada dia da semana.
Por favor, leiam juntos.

Com amor,
Célia, ou a mãe mais gata do Brasil

Carta aos meus amores.

Tive a ideia de organizar este presente pra vocês quando cheguei num lugar chamado El Carmen, no Peru. Vale a pena vocês pesquisarem um pouco mais sobre este lindo país. Acho que não vão ter dificuldade de encontrar informações na internet.

Vocês vão descobrir que o Peru é um país da América do Sul que abriga uma parte da floresta Amazônica e Machu Picchu, que é uma antiga cidade inca na cordilheira dos Andes... Mas tem algo que só a mamãe pode contar. E esse é o presente. As experiências únicas que vivi.

Numa das minhas folgas, eu fui assistir a um filme no festival El Cine, com películas de vários países da América Latina. Estavam todos muito animados em poder conhecer um pouco mais os países uns dos outros. Vi filmes da Colômbia, do Chile e daí do Brasil, queria ter visto um muito bom da Argentina, mas foi quando a pesquisadora que me acompanhava me convidou para ir até o distrito de El Carmen, em Chincha. Ela precisava pesquisar um pouco sobre a vida de uma cantora chamada Susana Baca. Procurem na internet a música "Fuego y Agua", é bonita demais. Lá fui eu, com Eva. No caminho, ela me contou que tudo aonde íamos era muito simples. Estou mandando com esta carta minha primeira visão de El Carmen. Desenhei porque o celular estava sem bateria. Passamos a tarde lá e não tinha mais transporte para voltar, então decidimos passar a noite. Comemos na casa de Edith, uma mulher muito simpática que nos alimentou por um preço módico.

Tudo era novidade, por isso não consegui me aquietar. O sono não vinha de jeito nenhum. Ainda bem. Porque à meia-noite as pessoas começaram a sair de suas casas com seus cajones, um instrumento de origem peruana. Quando os africanos foram escravizados e trazidos para a América, seus instrumentos de percussão foram proibidos, e eles tiveram que improvisar com caixas de madeira ou gavetas. O nome cajón é o aumentativo de "caixa". Hoje, o cajón é considerado Patrimônio Cultural da Nação pelo governo do Peru.

Mas, voltando, as pessoas foram saindo de casa e quando percebi eram mais de cem. Sem muita conversa, tocaram uma das mais lindas músicas que escutei na vida.

Pensei em vocês e desejei muito que pudessem experimentar aquela sensação. Era um som que viajava e me levava a um tempo que não vivi. Procurem alguma música tocada nesse instrumento. Amo vocês demais, Carrinho e Vitória.

Mãe

Filhos,

Acho que vocês ainda não ouviram falar em Chiang Mai, não é?

Pois estive lá. É uma cidade que fica na Tailândia, no continente asiático, e tem centenas de templos budistas. Em todo canto nos deparamos com a imagem de algum Buda. O elefante é o animal que representa a Tailândia, e em Chiang Mai tive a oportunidade de alimentar um deles, que comeu bananas direto da minha mão. É um animal realmente interessante. Quem diria que sua dieta era essa?

Fiquei em paz nessa viagem. Todo o clima me deixava calma e sem pressa pra nada. Talvez por isso minhas refeições tenham durado tanto. Também porque os pratos são deliciosos. Acho que minha comida preferida no mundo é a tailandesa. Às vezes é bem apimentada. Conversei muito com Lawan, a atendente de um restaurante bem pequeno onde eu comia todos os dias. Ela me passou uma receita de rolinhos tailandeses quando fui me despedir. Guardem com vocês para um dia fazermos juntos. Ou façam e me mandem fotos. Segue:

Para 4 porções
100 g. de camarão pequeno
2 colheres (sopa) de vinagre de arroz
1 colher (sopa) de açúcar
4 discos de papel de arroz
1/2 pepino cortado em tiras
1 cenoura cortada em tiras
2 talos de cebolinha picados

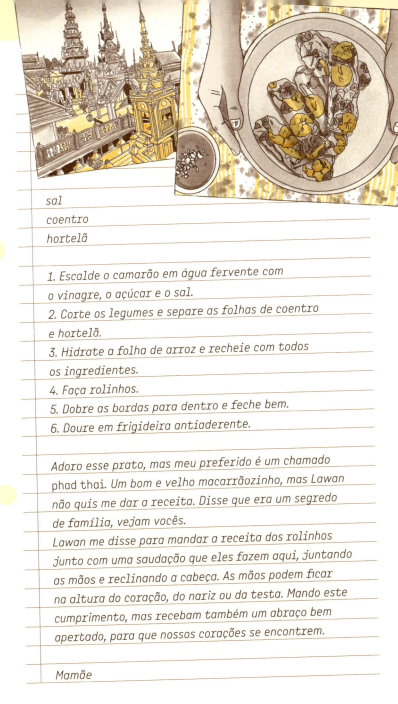

sal
coentro
hortelã

1. Escalde o camarão em água fervente com o vinagre, o açúcar e o sal.
2. Corte os legumes e separe as folhas de coentro e hortelã.
3. Hidrate a folha de arroz e recheie com todos os ingredientes.
4. Faça rolinhos.
5. Dobre as bordas para dentro e feche bem.
6. Doure em frigideira antiaderente.

Adoro esse prato, mas meu preferido é um chamado phad thai. Um bom e velho macarrãozinho, mas Lawan não quis me dar a receita. Disse que era um segredo de família, vejam vocês.
Lawan me disse para mandar a receita dos rolinhos junto com uma saudação que eles fazem aqui, juntando as mãos e reclinando a cabeça. As mãos podem ficar na altura do coração, do nariz ou da testa. Mando este cumprimento, mas recebam também um abraço bem apertado, para que nossos corações se encontrem.

Mamãe

Carlos e Vitória,

Cesária Évora. Não tem como começar a falar de Cabo Verde sem escrever primeiro o nome dessa mulher. O aeroporto tem o nome dela e tem um museu dedicado à cantora também. À noite, tem sempre alguém cantando uma música dela a uma janela ou pelas ruas. Foi em Mindelo, São Vicente, uma das nove ilhas de Cabo Verde, que eu fui inundada por sua voz e história de vida. Coincidiu de minha viagem ter acontecido durante uma feira literária, o que dificultou um pouco que eu identificasse o sotaque de quem havia nascido na ilha. Explico: em Cabo Verde se fala português, e lá estavam autores de vários países de língua portuguesa, como Moçambique, Angola, Portugal, Brasil. Nas calçadas, se escutava um português lindo, mas indecifrável por causa das várias pronúncias. Fascinante. Pela voz de Cesária eu pude identificar a voz local. É bem verdade que ela cantava em crioulo, que é um idioma que mistura português, francês e dialetos africanos. Mas ficaram no meu coração as mornas que escutei dela. Morna é o nome do estilo musical que ela cantava.
Mergulhei naquele mar, conheci outros artistas, fui ao teatro Alaim, fui à universidade e soube um pouco mais sobre a complexa história de Cabo Verde. Por isso fiquei morta de vontade de conhecer as outras oito ilhas desse canto tão especial da África. Quero fazer isso com vocês. Foi num vulcão adormecido que escutei Cesária cantar "Sodade" e mais uma vez lembrei

de vocês. Cantei junto, e alguém ao longe
gritou: Kên Ki Tâ Kantâ sê mal tâ spantâ.
Entenderam?
E a mágica do momento aumentou quando vi que
fora Mayra Andrade quem gritou. Outra cantora
cabo-verdiana, que estava sentada ao meu lado.
Foi com ela que treinei como pronunciar "Sodade".
Sodade de vocês, meus pequenos gigantes.

Vitória e Carlos,

Ontem nos falamos ao telefone e vocês enfim contaram seus sonhos e planos. Eu me interesso tanto pelo que vocês desejam e pensam. Seu pai me contou que viu a aula de capoeira de Carlos e depois foi ao clube de ciências. Ele te achou tão animado com suas conquistas que sentiu orgulho. Assim como senti orgulho pela clareza de Vitória ao explicar por que votou na Célia Sacramento para presidente do grêmio. Acho que eu talvez votasse diferente de você. Mas com seus argumentos, até fiquei balançada. Torço pra que sua escolha tenha sido acertada.
Estou no Chile, mais exatamente em Valparaiso. Um lugar poético, mas hoje está um pouco barulhento. Encontrei com um jovem chamado DeGoBooM, ele me disse que era youtuber de games e precisava de um carregador para terminar de gravar seu primeiro vídeo fora do quarto. Achei aquilo um assombro. Mas, vendo a animação dele, até me diverti também. Ele me agradeceu o empréstimo e me explicou o que era cultura otaku. Imagina eu, que naquele momento só queria saber onde era a casa do poeta Pablo Neruda, tentando decifrar seus termos de gamer. Me diverti. Assim como me diverti pegando o bondinho deles, que chamam de ascensor. Enquanto subia, vi um pôr do sol muito especial.
Sabe que acabei reencontrando meu amigo youtuber na frente do estádio de futebol onde teria um jogo do Santiago Wanderers? Ele estava gravando outro vídeo. Perguntei se queria me entrevistar e ele fez uma cara de que não tinha entendido. E eu disse:

"Nega-me o pão, o ar, a luz, a primavera, mas nunca o teu riso, porque então morreria". Ele elogiou a frase e eu saí rindo comigo mesma, porque é do Pablo Neruda. Amo vocês.

Filha e filho,

Cheguei aqui na República do Benim e me lembrei de Vitória dizendo: "Mãe, por que sua profissão é estudar gente?".

Você lembra, Vitória, que eu te disse que é porque eu não entendo as pessoas? É por isso que uma força maior me atrai para elas. Quero conhecer e entender as pessoas.

Demorei a descobrir que a antropologia era meu caminho. Quis te dizer isso porque escutei dois amigos conversando no barco em que eu estava, no lago de Ganvie. Um disse para o outro: "Que você encontre o seu caminho. Mas o verdadeiro, não esse aí".

Entenderam? Leiam de novo.

Preciso contar uma coisa: me senti uma agudá.

Os agudás são os descendentes de escravizados brasileiros que emigraram para a costa Ocidental da África. A maioria se acomodou na cidade de Uidá, no então reino do Daomé, que hoje é a República do Benim. Quando cheguei lá, foi como se tivesse voltado a um lugar a que eu nunca fui.

Várias partes da África não são como eu imaginava. Há muita diferença entre a África do imaginário e a real. Para o bem e para o mal. Mas o Benim tem muito de nós. A fisionomia das pessoas, alguns lugares, a maneira de se relacionar. Sei lá, será que estou delirando? O idioma oficial é o francês, mas eles também falam bariba, fula, fon, iorubá...

Fui para o Portão do Não Retorno em Uidá, que foi minha última parada no Benim antes de partir para

Nova York, nos Estados Unidos. Quando olhei para a Estátua da Liberdade pensei: Quantas lutas pelo direito de existir.
Junto as fotos para que vocês pesquisem um pouco mais sobre a história desses dois cantos do mundo.
As conversas boas são as que se completam.
O que têm a me dizer sobre Uidá e Nova York?
Onde ambas se encontram e onde se separam? Isso também é antropologia, meus amores.
Perdoem minha carta, está parecendo uma palestra, mas esta é uma das melhores coisas que posso oferecer para vocês: curiosidade.

Pedaços do meu mundo,

Tem gente chata para tudo. No avião, indo para o Porto, em Portugal, resolvi mostrar fotos do Carrinho para um senhor que estava do meu lado. Ele era muito atencioso, e eu comecei a contar histórias sobre vocês. Até que eu lembrei do Carrinho tentando ensinar a Vitória como se falava mochila. Você dizia: "O certo é titila". E você, Vitória, respondia: "Cochila". Carrinho foi se irritando e gritando cada vez mais alto: "Titila! Titila!". Eu comecei a rir dessa história tão boba. Gargalhei tanto que uma senhora do outro lado me perguntou o que era tão engraçado que tinha atrapalhado o sono dela. Eu contei e gargalhei novamente. Ela não riu e só virou de lado. Mulher chata. A história de vocês é incrível. Eu sei. Mamãe conta histórias muito bem. E é engraçada. Mamãe é uma figura. Mamãe não está exagerando. Ela é que é chata e não captou. Eu ainda repeti: "Titila e cochila, mas o certo é mochila!". Ah, mamãe é bem-humorada. Me gosto assim.

E como gostei do Porto. Que cidade!

Parei um pouco no meio da ponte Dom Luís I, que fica sobre o rio Douro, e admirei as construções. Vi que sou uma pessoa das cores. Cada cor de casa me causa uma nova emoção. Basta eu me concentrar. Lá eu não fiz nada além de andar. Fui à estação ferroviária de São Bento, fui à Livraria Lello e Irmão, linda, com sua escadaria toda em madeira. Achei que já tinha visto o lugar em algum filme. Vejam se identificam pela foto. Lá tive certeza de que basta uma "titila" nas costas e

um olhar interessado para uma viagem ser marcante.
Espero que vocês tenham sorrido agora, com essa
história de "titila". Mamãe é ótima com piadas.

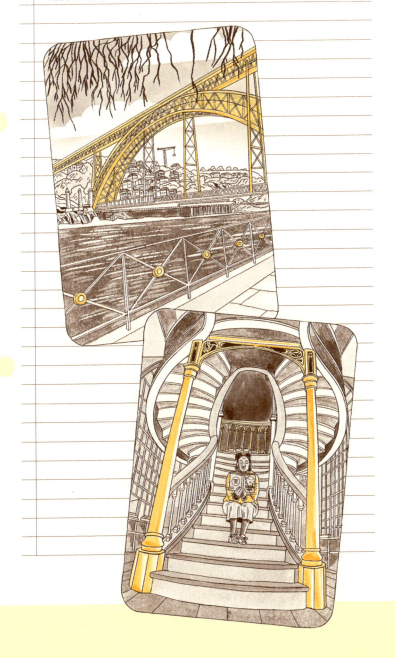

Queridos,

Quando Vitória tinha um ano de idade e Carrinho três, viajamos com seu pai para Salvador. Não temos fotos porque perdemos a máquina fotográfica no aeroporto. Uma pena, Vitória estava tão feliz. Sorria pra tudo e todos. E Carrinho estava mais animado que eu, que costumo ser animada mesmo sem motivo. Andamos muito de ônibus, e toda vez que entrávamos ou saíamos de um Vitória fazia questão de dar tchau para os outros passageiros, balbuciando suas primeiras palavras. Ninguém entendia, mas eu traduzia: "Tenha um bom-dia!", "Obrigada por ser tão atencioso". Eu entendia sua língua, Vitória. Quando voltei a Salvador, já no túnel de bambus na saída do aeroporto, me lembrei de vocês. Decidi que não repetiria os lugares a que fomos. Quis desbravar outros caminhos para contar sobre os novos cantos dessa terra tão especial que quero apresentar a vocês. Foi bom ter feito isso. Escolho mandar fotos de apenas um dos dias da minha estada por lá. Porque vai ser nosso primeiro passeio quando pudermos visitar novamente Salvador. Nós vamos juntos. Seja de avião, ônibus, bicicleta ou a pé. Primeiro, pararemos na ponta do Humaitá para ver Salvador por outro ângulo. Depois seguiremos para o bairro da Ribeira, onde só olharemos para a famosa sorveteria. Sim, só vamos olhar porque antes de tomar sorvete vamos pegar um barquinho e atravessar para o subúrbio ferroviário. Lá comeremos uma moqueca na beira do trilho de trem num restaurante chamado Boca de Galinha, que tem

esse nome porque o dono não tem dentes. Foi só indo
lá que me toquei de que galinhas são banguelas.
Depois disso, meus amores, vamos voltar com o
barco para a Ribeira e, aí sim, vamos tomar um
sorvete com três bolas de sabores diferentes.
Já estou com água na boca. E vocês?
Espero que viajem comigo por minhas palavras. E
que se transportem para lugares onde, um dia, ainda
vão pisar. Palavras são poderosas. Achei lindo vocês
terem me contado que passaram a madrugada em
claro lendo e relendo os pedaços do meu mundo. E mais
lindo ainda quando disseram que de alguma maneira
sentem esses pedaços como se fossem seus também.
Obrigado por estarem me deixando voar. Eu voo,
mas volto, porque nosso amor é maior. Ser livre
para falar a verdade para quem se ama é uma bênção.
Até breve. Fiquem com esse pôr do sol. É cafona,
mas eu gosto.

PLAYLIST DAS CARTAS

SOBRE ELA. Mãe.

Referências

Muitas das informações presentes neste livro, eu tirei de alguns textos. Sobre a faquiresa Sumaya, veja: "A dura (e estranha) vida das mulheres faquir no Brasil" (Bruno Mosconi, *Superinteressante*, 16 dez. 2015).

Para uma história do *cajón*: <http://blog.multisom.com.br/o-que-e-o-cajon-conheca-esse-instrumento/>.

A receita tailandesa veio deste site: <https://destemperados.clicrbs.com.br/receitas/5-receitas-tailandesas-para-fazer-e-arrasar>.

Sobre os agudás, destaco o relato que li de Bruno Pastre Máximo e Bernardo da Silva Heer: <http://www.pordentrodaafrica.com/cultura/ouidah-parada-obrigatoria-no-benim-para-aprender-sobre-a-cultura-fon-vodum-e-trafico-de-escravos>.

Para falar de youtubers no Chile: <https://marketing4ecommerce.cl/youtubers-de-chile-con-mas-seguidores/>.

E os artigos que Carrinho leu sobre por que mentimos, são estes daqui: <https://super.abril.com.br/comportamento/por-que-mentimos-darwin-explica/> e <https://observador.pt/especiais/porque-mentimos-a-nos-proprios-e-aos-outros>.

Meu muito obrigado a Agnes Brichta
e Bernardo Silva, meus consultores e
primeiros leitores desta aventura.
Agradeço também aos integrantes do
projeto Cine em Canto e a Priscilla Pio.
Ofereço esta história a Conceição Evaristo,
que sempre me fez viajar através dos
livros. À minha mãe Célia, que me fez
viajar por meio de seus olhos sonhadores.
A meu pai Ivan, que me fez viajar
quando me mostrou a possibilidade
de sair das ilhas e seguir pelos mares.
A meus filhos Jovi e Maricota, por
me fazerem viajar pelas sementes de
ética, alegria e amor plantadas hoje
para que no futuro as árvores
nasçam frondosas.

OGA MENDONÇA nasceu em São Paulo, é designer multimídia, filmmaker e podcaster. Desenha desde criança, e aos dezesseis anos teve sua primeira ilustração publicada na *Capricho*. Como designer e ilustrador já fez trabalhos para a Abril, Globo, Todavia, Companhia das Letras, Antofágica, MTV, Sesc e Instituto Socioambiental, entre várias outras empresas. Dirigiu reportagens para o site da revista *Época*; documentários para a Red Bull (e roteiro), clipes para Rico Dalasam e o trailer da série *The Get Down*, da Netflix. Além disso, é host no podcast *Que Que Tá Acontecendo* e participa do elenco fixo do *Braincast*, podcast do B9.

THAIS ALVARENGA

O ator, apresentador, diretor e escritor **LÁZARO RAMOS** completou 32 anos de carreira em 2022. É embaixador do Unicef pelos direitos das crianças e acumula mais de trinta filmes, entre eles *Madame Satã* (2003), *O homem que copiava* (2004), *Cidade baixa* (2005), *Tudo que aprendemos juntos* (2015), *O beijo no asfalto* (2018); quarenta peças de teatro, várias no Bando de Teatro Olodum, entre elas *Ó paí ó* e *Sonho de uma noite de verão*. Além disso, atuou em *A máquina* e *O topo da montanha*, que também dirigiu, e se passa na última noite de Martin Luther King antes de ser assassinado. Na TV, além de ter apresentado o programa *Espelho* por dezessete anos, viveu vários personagens marcantes, como Foguinho, da novela *Cobras & lagartos*; Zé Maria, da novela *Lado a lado*; e Mr. Brau, da série de mesmo nome. Como escritor, se debruça sobre livros infantis desde sua estreia, com *A velha sentada*, de 2010, e os best-sellers *Caderno de rimas de João* (2015) e *Caderno sem rimas da Maria* (2018). Ambos os livros inspiraram o projeto multimídia Viagens da Caixa Mágica (2019), que inclui álbum, show ao vivo e videoclipes interativos. Em 2021, lançou ainda outro sucesso, seu quarto livro infantil, *Sinto o que sinto e a incrível história de Asta e Jaser*. Na literatura adulta, tornou-se um dos escritores mais vendidos do país ao publicar *Na minha pele* (2017). Em 2022, lançou *Medida provisória*, que marca sua estreia na direção de longa-metragem de ficção, e segue contando histórias por todo canto.

1ª EDIÇÃO [2022] 2 reimpressões

ESTA OBRA FOI COMPOSTA POR MARIANA METIDIERI EM INES LIGHT
E IMPRESSA EM OFSETE PELA LIS GRÁFICA SOBRE PAPEL PÓLEN BOLD
DA SUZANO S.A. PARA A EDITORA SCHWARCZ EM MARÇO DE 2025

A marca FSC® é a garantia de que a madeira utilizada na fabricação do papel deste livro provém de florestas que foram gerenciadas de maneira ambientalmente correta, socialmente justa e economicamente viável, além de outras fontes de origem controlada.